SIMONÉA

Tous droits réservés Olivier Lhote 2018 - Photo Couv Pixabay

Olivier Lhote

SIMONÉA

Il faut avoir une musique en soi pour faire danser le monde, professe Nietzsche. À toi qui me fais danser, tournoyer. À toi, Stéphanie.

1

Le vol aller s'était déroulé sans encombre. AF1580, Paris CDG-Londres, quarante minutes de vol, quatre minutes de palier uniquement. Simonéa avait poussé sa « voiture-repas » en montée, puis débarrassé les passagers en descente. Un classique du genre avec un équipage tout aussi ordinaire. Le chef de cabine, un type longiligne, au sourire protocolaire éternellement gravé sur sa face pâle et oblongue, avait passé son vol au poste de pilotage. Il faut dire que le copilote, tout juste âgé de vingt-cinq ans, outre ses yeux pétillants, possédait un cul rebondi qui n'avait pas laissé le « CC » indifférent. Durant ce temps, l'équipage avait assumé le service : un plateau froid, une boisson et un café. L'ensemble, vite distribué, avait été ramassé aussitôt. La cabine propre, Simonéa avait rejoint son siège de structure, s'était servi un thé et avait attendu l'annonce de descente pour vérifier une dernière fois les ceintures attachées. Atterrissage, roulage, parking, débarquement, l'affaire fut pliée rapidement. L'escale fut courte, elle aussi. La cabine fut prise d'assaut par les agents du ménage et l'équipage grignota une collation, entre les aspirateurs qui leur ronflaient aux oreilles. Le commandant de bord glissa au micro, qu'il sortait se dégourdir les jambes. Simonéa préféra se caler dans son siège, pour fermer les yeux et tenter de se reposer. Elle n'avait pas adressé la parole à l'équipage. Ni au steward de l'arrière, ni à l'hôtesse d'ailleurs. La rotation, de deux tronçons seulement, ne permettait pas qu'on s'épanche sur la vie des uns et des autres. Et de toute façon, depuis quinze ans qu'elle côtoyait les comtesses de l'air, elle connaissait par cœur les anecdotes de chacune. En réalité, Simonéa avait suffisamment à faire avec sa propre vie menée à cent à l'heure. L'uniforme sur le dos quasi quotidiennement, des virées incessantes chez la nounou pour déposer ou reprendre Éthan, son garçon de six ans. Séparée, mais non divorcée de Luc, qui vivait deux étages au-dessus, elle assumait la logistique, puisque son mari, auteur de livres pour la jeunesse, gagnait (mal) sa vie en parcourant la France, de salons littéraires en interventions scolaires. Simonéa n'avait en somme nullement l'envie ou le besoin de se charger des malheurs d'autrui. Quant aux gens heureux, ils l'emmerdaient véritablement. Elle passa donc son escale à London Heathrow, à s'évader, les yeux fermés. Le commandant revint de sa balade dans l'aérogare, les mains agrippées à son téléphone.

— Ce métier est mort avec l'invention du portable ! Même au bout du monde, on trouve le moyen de te joindre et de t'emmerder, grommela-t-il.

— Ouais, enfin Londres, ce n'est pas non plus le bout du monde, lâcha le chef de cabine.

— Tout dépend où tu te situes. De toute façon, même si je repartais sur long-courrier, ma femme arriverait à me casser les… Bref. L'embarquement va être lancé. On a une wheel chair.

Au bout de la passerelle en effet, un agent de l'aéroport poussait un passager en chaise roulante. Simonéa se leva de son siège, tapota le coussin et croisa sur l'assise les deux pans de la ceinture. Elle se dirigea vers la porte une, le visage barré par un sourire franc. Car si la jeune femme ne prenait plus plaisir à exercer son métier, aucun client ne pouvait le deviner. Elle restait professionnelle. Lassée certes, mais pro jusqu'au bout des zygomatiques.

— Good afternoon Sir, welcome aboard.

— Bonjour Madame.

Ah, vous parlez français… Vous pouvez marcher un peu ? Je vous aide ?

L'homme s'aida d'une élégante canne, au pommeau ouvragé et tendit son autre main à l'hôtesse…

— Appuyez-vous sur moi, conseilla Simonéa. L'agent du sol recula la chaise ;

— May I leave, demanda-t-il ?

— Yes it's OKAY, confirma le chef de cabine, dans un anglais terriblement français.

Simonéa installa en 04C le passager légèrement handicapé, lui expliquant que le vol n'étant pas complet, il pourrait certainement se placer au hublot s'il le souhaitait. Ils eurent un échange rapide et plutôt commercial et Simonéa prit congé de l'homme pour rejoindre son poste d'embarquement.

Le vol retour se déroula dans les conditions similaires à l'aller. Le chef de cabine opéra une surveillance accrue du poste de pilotage.

— Laisse-le quand même piloter, railla Simonéa, on a un peu besoin de lui…

Le chef de cabine leva les yeux au plafond avant de questionner :

— Il n'y a pas des tasses à débarrasser en cabine ?

Cinquante minutes après le décollage, l'airbus se posait, prenait le taxi way et se positionnait au contact. Les passagers peu nombreux et surtout pressés évacuèrent l'avion comme en cas d'incendie à bord.

— Vous aviez demandé une chaise pour l'arrivée ? interrogea Simonéa.

— Oui, oui, confirma le passager du 04C.

— Nous avons un petit problème de chaise, déclara le chef de cabine, tout affolé.

— Il n'y a aucun souci, rassura l'homme, je n'ai pas de rendez-vous.

— Tant mieux, laissa échapper Simonéa. Depuis qu'Aéroport de Paris gère les chaises roulantes, on rentre moins vite chez nous, en contrepartie, on approfondit la relation client. Sur mon dernier vol, on a patienté quarante-sept minutes ! La passagère, une

Libanaise de soixante-dix ans m'a raconté la vie à Beyrouth, les bombardements, la reconstruction... Je suis incollable aujourd'hui.

— Je crois que Monsieur n'est pas intéressé, coupa le CC.

— N'allez pas croire ça, intervint l'homme.

— Vous désirez un verre d'eau ? proposa Simonéa.

— Non, ça ira, je vais bien.

— Qu'est-ce qui vous est arrivé, si je ne suis pas indiscrète ?

— Une chute sans gravité, à Londres, au sortir d'un colloque... Des escaliers pentus.

— Vous donniez une conférence ?

— J'assistais.

— En tout cas, vaut mieux à la fin qu'au début. Une fois, jeune, je me suis cassé la jambe. Au ski, pour tout vous raconter. Je n'ai pas supporté mes béquilles ! Il faut que je bouge, moi ! Je ne sais pas vous...

— Oh vous savez, dans la vie, les jambes ne vous servent qu'à marcher. Pas à avancer !

Simonéa posa sur l'homme un regard interrogatif autant qu'amusé.

Quel étrange bonhomme. Que voulait-il dire vraiment ?

Revint alors le chef de cabine, joyeux comme une meneuse de revue. Il annonça haut et fort :

— Votre chaise roulante vous attend en passerelle ! Vous voyez, vous n'avez pas attendu quarante-sept minutes.

Il insista sur le quarante.

— Je dois donc vous laisser, s'excusa le client à l'adresse de Simonéa, restée sans voix.

Le CC conduisit l'homme vers la porte une, où l'attendait un agent du sol.

Simonéa esquissa un signe de la main, se répétant à mi-voix : avancer... Avancer...

2

— Elle arrive bientôt, maman ? demanda Éthan, impatient.

— Oui, elle est en route, elle m'a envoyé un SMS.

— J'peux le voir ?

— Tu ne sais pas lire mon petit chéri…

— Alleeeez… insista le gamin en saisissant le bras de sa nounou.

— Tu es content comme ça ? Tu vois les lettres ?

— Oui ! Je m'en fiche que je sais pas lire. C'est maman.

— OK, si tu veux. Allez, finis ton goûter, maman sera contente comme ça.

Cyndie se leva du sofa, où elle s'était installée avec le garçon. Elle redressa, dans les mains d'Éthan, le pot de compote, qui n'était pas loin de se renverser, puis elle se dirigea dans la cuisine pour mettre de l'eau à bouillir. Elle sortit deux mugs du placard, les disposa sur un plateau d'osier rapporté de Martinique sept ans plus tôt. Enfin, elle fouilla dans le buffet pour y dégoter un paquet de palets bretons qu'elle vida dans une assiette creuse. À peine l'eau bouillante fut-elle versée sur les sachets de thé, la sonnette retentit.

— Mamaaaan !!! hurla Éthan, en courant vers la porte d'entrée.

Cyndie rejoignit l'enfant et ouvrit la porte pour le laisser sauter dans les bras de sa mère. Simonéa en laissa tomber son sac cabine, elle embrassa avec gourmandise les joues de son petit monstre, les mordilla même, puis joua à dévorer son cou, ses bras, ses mollets et ses pieds dénudés.

— Rentre, invita la nounou, tu dois être fatiguée. Je nous ai fait un thé vert.

— Merci, c'est chouette. Non ça va, je ne suis pas trop morte, je n'ai fait qu'un aller-retour.

— Je ne pourrais pas faire ton boulot. Gamine, je voulais faire hôtesse de l'air et chaque fois que tu me racontes tes vols, je remercie Saint Airbus de ne pas m'avoir prise sous son aile.

— La vie est bien faite, je ne veux pas non plus de ton job. Garder les mômes des autres, merci.

— Éthan est mignon, j'en ai un ou deux un peu durs, mais un enfant c'est toujours tendre si tu sais y faire. Pas comme tes passagers.

— À ce propos, répondit Simonéa en acceptant la

tasse que lui tendait la nounou, j'ai eu un drôle de gars sur le vol retour.

— Amoureuse ? coupa Cyndie.

— Non, pas du tout. Simplement le bonhomme avait quelque chose de… Intrigant… Non, captivant plutôt. Mais en même temps, agréable et rassurant.

— Ouais, ben t'es amoureuse.

— Pfff…

Simonéa abandonna l'idée de convaincre la jeune femme, qu'elle ne ressentait aucun sentiment pour cet homme. Ils avaient durant le vol, échangé quelques mots, quelques idées simples sur la vie. Des banalités, en réalité, qui pourtant avaient fait écho chez elle, comme parfois une simple phrase, dans un livre, renvoie le lecteur à sa propre histoire. Elle laissa Cyndie fantasmer cette rencontre. Simonéa, avait avec le temps, noué des liens quasi amicaux avec sa nounou, qui gardait Éthan depuis son plus jeune âge. Elle aimait son caractère entier, parfois brutal mais toujours bienveillant. Cyndie gaffait, parlait trop, était curieuse de tout. Elle était vivante, en somme, alors que Simonéa ne voyait autour d'elle qu'une majorité de femmes et d'hommes centrés sur eux-mêmes, râleurs, et perdant tout goût de la vie.

Simonéa n'était certes pas animée par cet appétit vorace qui vous fait croquer tous les moments fruités de la vie, mais elle ne s'abîmait pas non plus dans la plainte. Elle avait juste conscience d'être happée par la vie et désarmée par le temps qui file. Quand le train prend de la vitesse, le long du quai, quand on constate qu'on ne le rattrapera plus, on cesse de courir et on pose sac à terre. Simonéa en était là, de son existence, assise sur une valise de souvenirs et sans la force de repartir dans une autre direction, sans le désir de trouver un autre train.

Elle avait à peine eu le courage de se séparer de son mari, quand un appartement s'était libéré dans l'immeuble. C'était son maximum. Un divorce, l'idée même d'un divorce lui semblait une montagne à gravir. Elle avait peur d'une guerre, des tracasseries, des papiers, des choses à régler... Pourtant Luc, avec son lot de jérémiades lui sortait par les yeux. Dix-sept ans plus tôt, il l'avait séduite, avec les bouquins pour enfants, dont il était l'auteur. Il avait connu un léger succès grâce à Grisette, la souris qui n'aimait pas le fromage. Un livre léger mais profond, selon Luc bien sûr, sur le droit à être soi et différent. Nombre d'instituteurs avaient fait acheter à leurs élèves ce petit roman qui avait même été traduit dans une dizaine de pays. Pendant quatre belles années, Grisette avait offert au couple un peu d'oxygène, un peu de gaîté. Depuis, Luc n'avait jamais retrouvé l'ombre d'un petit succès éditorial. Les droits d'auteurs bien maigres en édition jeunesse ne lui permettaient plus de vivre et il parcourait les écoles pour gagner sa vie. Les interventions dans les classes, suivies de séances de dédicaces sur les salons littéraires de province lui rapportaient un peu d'argent, mais l'éloignaient chaque week-end de chez lui. Luc finit par sombrer dans un mal de vivre chronique, que Simonéa ne supportait plus. Dépression de l'un et immobilisme de l'autre, le couple vivait cahin-caha, à deux étages d'écart, se refilant Éthan, qui tentait de comprendre si ses parents étaient ou non ensemble. Ce qui lui causait problème, puisque ses meilleurs copains étaient fils de divorcés. La chance ! Éthan, lui, attendait son statut, pour décider s'il était plus copain de Mathis et Timéo ou de Thuan et Alex, dont les parents vivaient encore ensemble. Il risquait de patienter longtemps, car son père vivait mal le déménagement de sa femme et Simonéa était bien incapable de rassembler l'énergie nécessaire à une prise de décision franche.

Sa situation professionnelle ne valait guère mieux. L'hôtesse ne supportait plus son encadrement, les décisions de sa direction, la politique de la compagnie, le grand discours Corporate… À quarante ans, elle pouvait changer de métier, se réinventer complètement. Mais elle portait des escarpins de plomb qui anéantissaient toute tentative de réforme. Alors bien sûr, quand ce type venu de nulle part, coincé dans un fauteuil roulant, lui avait parlé d'avancer, le mot avait eu l'effet d'une punaise sous la plante des pieds.

— Tu m'écoutes au moins ? demanda Cyndie. J'ai l'impression que tu es ailleurs.

— Oui, oui. Non. Excuse-moi, je vais y aller. Le petit s'endort.

— OK, je comprends. On se voit vite ? Sans Éthan. J'ai un truc dingue à te raconter. D'accord ?

Simonéa souleva Éthan, prit son sac à main et son sac cabine. Elle embrassa Cyndie.

— Oui, c'est d'accord, dit-elle. Et elle fila par la porte entrebâillée.

3

Les plannings de Simonéa se ressemblaient chaque mois : soixante-quinze heures de vol environ, des journées de deux allers retours ou bien trois vols avec un découcher en escale. La vie sur moyen-courrier ne faisait rêver personne. Les escales bien trop courtes permettaient rarement de visiter les lieux et à vrai dire, la fatigue des vols enchaînés terrassait les équipages. Les escales se soldaient par un yaourt avalé dans la chambre d'hôtel, un coucou sur Skype au gamin ou au mari, et le film du soir visionné sous la couette. Une douzaine de jours de repos étaient dispersés de-ci de-là mais six d'entre eux étaient regroupés pour permettre au personnel navigant de s'octroyer une tranche de récupération plus longue.

À la suite de son aller-retour Londres, Simonéa s'était retrouvée en repos mensuel de six jours. Elle avait consacré les deux premiers au ménage, aux corvées diverses, aux courses… Durant les quatre suivants, elle comptait voir Joce, son amie de toujours et peut-être aussi chasser le grand amour sur un site de rencontres pour célibataires gambergeants. Elle s'y était inscrite deux mois plus tôt.

Luc n'allait pas tarder à passer prendre Éthan. La jeune femme avait préparé un sac contenant Filou le doudou, un hérisson sans truffe et à l'œil gauche arraché, quelques affaires et la liste de ces dernières. Car il n'avait pas échappé à Simonéa que chaussettes, slips et pantalons, nouvellement achetés disparaissaient au profit de vieilles frusques trouées. Pour stopper l'hémorragie de vêtements neufs et chers de surcroît, Simonéa établissait une liste de contrôle comme pour un départ en colonie de vacances. Mais elle n'excluait pas la possibilité de débarquer un jour, arme au poing, chez Luc, pour récupérer les fringues.

Quand Luc sonna à la porte, elle ouvrit sans perdre une seconde, Éthan sur ses talons.

— Salut Sim', dit Luc, en levant mollement la main.

Elle le détailla. Ce devait être les grandes dépressions. Luc affichait son habituelle face de clown russe, façon Slava Polounine, les yeux gonflés et descendus au milieu du visage, les lèvres serrées et tirant vers le bas.

— Ça n'a pas l'air d'aller fort. Tu veux entrer une seconde ?

— Non, je ne veux pas t'ennuyer avec mes histoires.

— Ton salon s'est mal passé ?

— J'ai connu mieux. J'ai signé à côté de Tara Duncan. Deux cents gamines qui font la queue pour acheter le Vingtième tome ou le trentième, je n'en sais rien. Pendant ce temps, j'ai dû signer trois "Coincoin ne veut pas aller à l'école". Mais tu me connais, ce n'est même pas pour l'argent que je râle. C'est juste que les gens ne prennent pas le temps de discuter avec l'auteur ou de lire le texte. Ils achètent parce que la couverture est belle, point !

— Et ?

— Il y a que l'illustratrice qui a dessiné Coincoin n'a jamais dû croiser de canard de sa vie. Sa bestiole ressemble plus à un magret qu'à un Magritte.

— Magritte peignait des canards ?

— Non, mais ses pipes avaient des allures de pipes. Comment veux-tu qu'une maman offre un livre où les canards font plus peur que le méchant loup ?

— Je n'en sais rien.

— Encore un texte fin, drôle qui ne sera pas lu. Pourtant le passage où Coincoin fugue avec son sac dans le dos est poignant, je te jure. Mais voilà… Mort dans l'œuf quasiment.

— C'est amusant pour un canard. Non, excuse-moi, je n'aurais pas dû…

— OK, merci de ton soutien. Éthan tu es prêt ?

Le garçon serra la main de son papa en guise de oui, puis embrassa sa maman, façon de dire au revoir.

Puis il s'avança sur le palier et commença de monter les marches vers l'appartement de son père.

— Il est triste de te voir comme ça, chuchota Simonéa, fais un effort, souris pour lui.

Luc haussa, les épaules, souleva le sac et recula d'un pas.

— Je te rends Éthan dans quatre jours ?

— Oui c'est ça. As-tu retrouvé le pantalon rouge que j'avais acheté ?

— Pas cherché, excuse. Salut !

— Salut !

La porte refermée, Simonéa se rendit dans le salon et se jeta dans le sofa. Elle souffla bruyamment comme pour évacuer le stress de l'entrevue. Luc, Luc, Luc, chuchota-t-elle, tu me fatigues. Je me fous de tes souris et tes canards à la noix. Ce disant, elle tendit le bras pour attraper son PC portable qui traînait sur le parquet. La machine sortit de sa veille en quelques petites minutes et le navigateur ramena Simonéa à sa dernière page de connexion. Son téléphone sonna au même moment. Joce s'afficha sur l'écran.

— Hello Joce, décrocha Simonéa.

— Salut ma belle ! Qu'est-ce que tu fais de beau ? Tu es rentrée ? Tu es seule ? Dans les bras d'un homme ?

— Presque ! Je suis en train de me connecter à « adopte une hôtesse crevée et défraîchie point com ».

— Ah oui, c'est vrai… Tu devais changer ta photo de profil, tu l'as fait ? Parce que sur l'autre, sérieux, on aurait dit une môme qui venait d'enterrer son hamster.

— Ça n'empêche pas les affamés de m'envoyer des photos très mal cadrées, si tu vois ce que je veux dire.

— Non ? Sans rire. Il y en a des belles ?

— Je te les fais passer si tu veux…

— Pour que mon mec tombe dessus, non mais tu es malade. Bon et sinon, tu as des vraies touches ?

— Un type me plaît pas mal…

— Comment s'appelle-t-il ?

— Raphaël.

— File-moi tes codes, que je me connecte.

— Non, tu vas voir ce que je lui ai écrit.

— Je ne regarde pas, promis !

— C'est non !

Simonéa ne céda pas mais sous l'insistance de son amie d'enfance, elle décrivit l'homme… Elle aimait sa mâchoire carrée, ses yeux noisette et ses sourcils fournis. Son nez, cassé, (lui semblait-il), ajoutait à son charme. Sur les trois photos à disposition, il souriait peu, mais Simonéa croyait déceler un fond de tendresse dans ce visage un peu fermé, un peu sombre. S'il n'avait pas menti sur son âge, il avait quarante-cinq ans. Il s'était peu livré au travers de sa fiche. Il occupait un poste important dans une célèbre agence de publicité parisienne qu'il refusait de nommer. Comment cet homme si beau, si bien installé dans la vie, pouvait-il se retrouver sur un site de rencontres ? Simonéa s'était bien sûr posé la question. Pour des aventures sans lendemain ? Très certainement. Pourtant, rien de tout cela n'avait transpiré dans leurs échanges. Il lui avait déjà écrit quatre jolis mails qui l'avaient troublée. Un homme, qui déverrouille un pan de son armure, même minime, a quelque chose de touchant. Or Raphaël avait donné l'impression de se confier quelque peu. Suffisamment pour que la jeune femme ait envie d'y croire, et elle avait remisé cette fâcheuse question pour se laisser porter par le rêve.

De son côté, Simonéa n'avait pas avoué la présence de son petit garçon et encore moins son mariage non dissous. Elle n'avait pas non plus souhaité avouer sa profession, inutile d'alimenter les fantasmes. Pour l'heure, elle jouait la vamp mystérieuse. Après tout, cette belle gueule d'amour devait avoir toutes les filles à ses trousses, il fallait bien aiguiser sa curiosité par un moyen ou un autre.

4

— Je sais bien, Docteur, qu'il ne s'agit que d'un rêve, mais admettez qu'il est troublant. Ce cerf qui pénètre à reculons dans ma cuisine et qui, lorsqu'il se retourne vers moi, présente le visage de mon père, surmonté de huit bois. Je me pose une question…

— Dites.

— Pourquoi huit ? Vous savez docteur, au début je me suis dit, bon, huit bois, ce n'est pas un cerf très mature. C'est vrai il pouvait en avoir douze. Mais en cherchant, j'ai compris que le huit était le chiffre de la perfection. Le huit, c'est la totalité de l'univers, l'infini, l'équilibre du cosmos… Tout ça, c'est mon père, non ?

— C'est vous qui le dites.

— Oui, enfin je tâtonne docteur. Je n'en sais rien. C'est à vous de m'expliquer quand même…

— Continuez Madame Fauvert.

— Et bien voilà, c'est tout. Enfin, ce qui me surprend, c'est qu'il rentre à reculons. Pourquoi ?

— Selon vous ?

— Je ne sais pas. Comme je vous ai dit souvent, mon père était un type retors. Alors, me hanter de la sorte, ça lui ressemble. Je fais ce rêve depuis sa mort. Bref, j'essaye de faire le lien avec mon mari, enfin je veux dire la relation que j'entretiens avec lui. On ne peut pas dire qu'on couche ensemble. Je dirais plutôt qu'il me couche sur le matelas et ensuite il fait son affaire. Qui ne tient d'ailleurs qu'en un mot : sodomie ! Sodomie, Docteur ! Sodomie.

— Je crois que j'ai compris…

— J'ai l'air d'insister, excusez-moi docteur, mais rien ne se passe jamais par-devant. Jamais ! Si vous pouviez voir mon…

— Nous allons nous arrêter là, Madame Fauvert. Nous avons bien travaillé. On se voit la semaine prochaine, jeudi ?

— C'est déjà fini ? Mince, j'avais encore mille choses à vous dire.

— Au revoir, Madame Fauvert.

Le docteur Krishnamarla encaissa le prix de la consultation, se leva, contourna son immense bureau en boitant et reconduisit sa patiente à la porte du cabinet. De retour à sa table, il griffonna quelques mots sur un bristol avant de ranger le carton dans un tiroir métallique non loin, à la lettre F comme Fauvert. Le téléphone sonna et le psychiatre décrocha à la seconde sonnerie :

— Docteur Krishnamarla.

— Bonjour, voilà, je vous appelle parce que… Enfin comment dire. J'ai une question à vous poser. Vous êtes bien Hayim Krishnamarla ?

— Vous appelez pour un rendez-vous, Madame ?

— Oui, oui absolument, mais je voulais être certaine que vous soyez la bonne personne.

— Ça, je ne peux pas vous l'assurer. Je dois prendre un patient, Madame, pouvez-vous m'en dire plus sur l'objet de votre appel.

— Je ne vais pas très bien. Je vais très mal en fait. J'ai des idées noires, très noires. Suicidaires. Il faut qu'on se voie.

— Je peux vous recevoir dans dix jours, donc le 16. Vous êtes libre plutôt le soir ?

— Dans la journée aussi, tout dépend du jour. Je peux vous poser une question indiscrète ?

— Vous me la poserez de vive voix, je préférerais.

— Ah ! Très bien. Alors le 16 c'est ça ? Lundi 16.

— Vous êtes Madame ?

— Piot. Comme ça se prononce, avec un T à la fin.

— C'est noté, on se voit lundi 16, à 11 heures ?

— Parfait pour moi.

— Bien, au revoir Madame.

Le médecin psychiatre se leva de nouveau. Il prit soin de s'appuyer sur sa canne de bois, car son genou le faisait encore souffrir. Il ouvrit la seconde porte de son cabinet, celle qui donnait sur la salle d'attente. Il fit entrer un jeune homme à l'allure traînante et provocatrice.

— Asseyez-vous Monsieur Melville.

— Vous ne voulez toujours pas m'appeler Franck, doc ?

— Je vous écoute, invita le médecin, s'enfonçant dans son fauteuil. Je vous écoute…

5

Jocelyne Seidou sortit du métro à la station Nationale, à cet endroit de la ligne 6 où les rails sont aériens. Elle descendit l'escalier qui mène au boulevard Vincent Auriol. De là, elle marcherait en direction de la Seine puis prendrait sur la droite, la rue Dunois où vivait Simonéa. Jolie petite Gazelle venue droit du Bénin à l'âge de deux ans, Joce avait emporté avec elle, la chaleur des cœurs de son village et la légèreté des gens qui sont heureux du peu qu'ils ont. Devenue femme élégante, fine, aux jambes interminables et au port de tête royal mais jamais rogue, Joce, du haut de son mètre soixante-quinze, portait sur le monde un regard souverain tout autant que compréhensif. On eût dit l'une de ces reines de légendes et de contes, préoccupée par le bien-être des pauvres du royaume. Les hommes fondaient devant ses yeux d'un velours noir. Sa voix éraillée les mettait en transe. Sa poitrine ferme et arrogante, peut-être aussi. Joce attirait l'amour parce qu'elle était elle-même amour inconditionnel, joie et rire.

Midi venait de sonner, quand elle arriva chez Simonéa ;

— Je nous ai trouvé un petit rosé, dit-elle, en embrassant son amie.

— Mets-le au frais, je crois qu'il a eu un peu chaud.

— Fallait pas, j'avais tout prévu. Mais merci.

— Je ne résiste pas quand je passe devant mon caviste. Il héberge des merveilles…

— On se fait un apéro ? cria Simonéa du fond de la cuisine.

— Tu crois quoi ? Que je viens pour tes beaux yeux ?

Simonéa réapparut dans le salon, un plateau en mains, débordant de zakouskis en tout genre. Joce l'aida à déposer le plat sur la table basse.

— J'ai un Sancerre au frais, je l'apporte ? suggéra l'hôtesse.

— Oui, oui, oui, j'ai une soif de loup.

— Pff… Non mais c'est quoi cette expression ?

— Figure-toi que les loups boivent aussi et je milite contre cette expression qui en fait des obèses. De toute façon, toutes les expressions font des loups des êtres abjects, violents, dangereux. Et on s'étonne qu'ils disparaissent…

— Hum…Ça ne s'arrange pas, sourit Simonéa. Et elle servit le vin dans deux immenses verres à Bourgogne, au ventre bas et rond, pareil à celui d'un notaire heureux.

— Bon, quoi de neuf, miss ?

— J'ai pris rendez-vous chez un psy ?

— Non ? Tu cèdes à la mode du siècle ? Mais tu as un peu de retard, ma chérie. Un psychanalyste c'est has been. Aujourd'hui, il te faut un coach de vie… Un coach pour apprendre à respirer, à t'organiser, à manger utile, à ranger tes courses dans le bon placard… Que sais-je ?

— Tu n'y es pas du tout. Il s'agit d'un type que j'ai rencontré dans l'avion, sur mon dernier vol.

— Il t'a draguée ?

— Non, il s'était blessé à Londres et nous avons un peu parlé en fin de vol en attendant la chaise roulante. Je n'arrive pas à m'expliquer pourquoi, mais j'avais envie de le revoir. Comme j'avais gardé la liste des passagers, ça n'a pas été difficile de retrouver son nom, à cause de la particularité « chaise roulante ». J'ai cherché son nom sur internet et sur facebook, je l'ai trouvé. Il est psy. J'ai prétexté le suicide, la nana au bout du rouleau, tu imagines…

— Je vois bien. Et si ce n'était pas lui ?

— Hayim Krishnamarla ! Il n'y en a pas cinquante non plus.

Le visage de Joce s'illumina soudain.

— C'est excitant tout ça ! Tu me raconteras ta séance ?

— Forcément.

— Et ton Raphaël, là, le gars de la pub, tu me le montres, maintenant ?

Sans répondre, mais en affichant un léger sourire de satisfaction, Simonéa se saisit de son PC. Elle ne mit pas longtemps à se connecter et présenta aussitôt la fiche de l'homme.

— Ah ouais ! approuva Joce, la bombe ! C'est quoi le voyant vert, là ?

— Il est en ligne.

— Terrible ! Fais-lui signe, on va tchater un peu.

— Non, ne déconne pas.

— Mais si ! File-moi le clavier.

Joce s'empara de l'ordinateur avec force et rapidité et eut le temps d'adresser un « kikou » désastreux.

— Tu fais suer, pesta Simonéa, je n'écris jamais ce genre de débilité et je ne supporte pas de les lire.

— « Kikou » répondit aussitôt Raphaël.

— Tu vois, il s'adapte, ricana Joce. Je mets quoi ? MDR ? LOL ?

— DTC !!! Tu m'agaces, réponds ce que tu veux. De toute façon, tu viens de me griller. Je vais préparer la salade pour le déjeuner.

Simonéa hésita entre rire des bêtises de son amie et ronchonner, mais prit finalement le parti de sourire. Raphaël lui plaisait, mais au fond, il n'était qu'un profil, un bonhomme virtuel pour le moment. Son visage n'était peut-être même pas le sien. Alors qu'elle triait la salade, elle entendait Joce frapper sur le clavier à la vitesse d'un cheval au galop. Elle semblait être en grande conversation.

— Tu as l'air inspirée, cria Simonéa de son évier où trempait la salade. Qu'est-ce que tu lui racontes ?

— Je suis en tchat avec un autre gars.

— Tu délires ?

— Un Ukrainien. Pas mal si tu veux mon avis. Et il a l'air d'aimer ta photo.

— Là, tu vas trop loin, Joce. Je vais fermer ce profil !

— Ne panique pas, je déconne, je suis toujours avec ton Raphounet.

— Pourquoi je t'ai invitée ce midi ?

— Parce que je suis ta vieille copine et que tu m'aimes !

— M'ouais…

La salade prête, Simonéa déposa des assiettes sur la table basse, face à Joce qui venait de rabaisser le capot de l'ordinateur. Les deux filles repartirent en direction de la cuisine, chercher le vin, le pain et la frisée assaisonnée.

— Je crois que j'ai fait une bêtise, marmonna Joce.

— Oh non ?

— Deux, en fait.

— Vas-y, accouche.

— Tu as rendez-vous samedi dans quinze jours, au bar-resto « la butte aux piafs » à 19h30.

— Tu es chiante, sérieux. La seconde ?

— Il m'a demandé ta profession.

Et ?

— Tu es pilote !

6

Les six jours de repos mensuels, comme trop souvent, avaient défilé à grande vitesse. Simonéa ne savait pas encore si elle assumerait son rendez-vous avec Raphaël. Elle pensait bien en revanche ne pas manquer sa consultation chez le docteur Krishnamarla. Elle voulait le revoir, juste passer un peu de temps avec lui et vérifier l'effet que sa présence avait eu sur elle. Car avec du recul, elle pouvait affirmer qu'elle s'était sentie bien, dans l'avion, à discuter avec lui. S'il existait des gens qui vous apaisent par le simple fait de leur compagnie, il devait faire partie de ceux-là. C'était peut-être ça, une thérapie, passer un instant avec une personne qui ne vous juge pas, vous accepte et par là-même vous consolide. Elle se félicitait de l'avoir appelé et il lui tardait maintenant de lui serrer la main de nouveau.

Mais l'heure était à la reprise des vols. Vêtue de son uniforme bleu marine, le badge Air France pendant à son cou, Simonéa piaffait dans le vestibule. Luc, comme à son habitude était en retard et il lui rapporterait certainement un sac de linge sale, comme si les lessives n'étaient qu'affaire de femmes. Elle entendit soudain des pas de lutin gravir les marches et une petite main cogner le bois de la porte. Elle ouvrit et Éthan se jeta dans ses bras.

— Nous revenons du parc, s'excusa Luc, qui arrivait tout juste sur le palier. Je me suis fait piéger par la circulation.

— Oui, enfin moi je pars en vol et si je ne pointe pas à l'heure on déclenche une hôtesse de réserve. Et l'excuse d'une promenade dans un parc et des voitures en trop sur la route ne passera pas bien.

— Je n'ai pas lavé le linge d'Éthan, je me suis dit qu'il ne sécherait pas à temps…

— Forcément ! Le pantalon rouge, je ne demande pas ?

— J'ai oublié, excuse-moi.

— Éthan, mon bébé, du coup je n'ai pas trop le temps de m'occuper de toi, tu vas dormir chez tata Cyndie. On part tout de suite.

Simonéa jeta avec rage le sac d'Éthan dans le couloir; Elle souleva celui de rechange préparé d'avance et prit la main de l'enfant. Elle ferma la porte à double tour.

— Veux-tu que je descende ton sac jusqu'à ta voiture ? proposa Luc.

— Non, c'est bon, répondit sèchement la maman agacée.

— Dis-moi, à ton retour, je pourrais te lire un truc ? Un joli texte que j'ai écrit ces derniers jours. Une histoire de compétition entre un papa et son fils sur fond de courses en trottinette. Un truc puissant sur la relation père- fils, tu vois ?

Les yeux de Simonéa tirèrent une balle de vingt deux Long Rifle qui perfora le crâne de Luc, un peu au-dessus du nez. L'homme se tut immédiatement.

Une douzaine de minutes plus tard, Éthan et sa maman sonnaient à la porte de Cyndie, qui ouvrit précipitamment.

— Je parie que tu es à la bourre ? demanda-t-elle;

— Tout juste, tiens voilà les affaires de Titi.

— Laisse-moi quand même te raconter ce que tu n'as pas voulu écouter la dernière fois.

— Tu plaisantes ? Je suis en retard, je viens de te dire.

— Je descends avec toi, à ta voiture. Viens Éthan, on accompagne maman.

— Je vais péter un plomb, je crois.

— Bon rapidos : avec Tony c'est fini.

— Ton banquier ?

— Ouais ! Ça faisait des semaines qu'il me tannait pour m'emmener dans un club chaud. Tu vois ce que je veux dire ?

— Non !

— Mais si, un truc échangiste quoi.

— On arrive à ma voiture, dépêche.

— Bon je te la fais courte : Veni, vidi, vite joui !

— Et lui ?

— Pas du tout. Il m'a traitée de tous les noms, alors que c'était son idée. Fallait être large d'esprit, disait-il. Tu parles !

— Parle moins fort, il y a Éthan. Tu peux mettre mon sac dans le coffre s'il te plaît ?

— Ouais, donne. Enfin bref, je suis une autre femme ! Tony est un con et moi, je suis une femme nouvelle !

— Je suis contente pour toi, allez, je me tire, bisous. Éthan, mon chéri, maman revient vite. Elle va gagner des sous et elle revient.

— Je veux absolument te faire découvrir le bonheur du nombre, Simonéa…

— Oui, oui, si tu veux, allez salut, merci pour mon titi. Je vous appelle de Roissy.

Un dernier baiser à son petit garçon, un coucou dans le rétroviseur et l'hôtesse appuya sur l'accélérateur, direction Bercy, le périphérique puis l'autoroute. Une heure plus tard, elle courait dans les locaux d'Air France, très exactement, dans ce que l'on surnomme la cité, un grand espace aux allures de centre commercial, mais sans magasin et surplombé d'une coupole de verre. Elle passa son badge devant un lecteur informatique qui lui indiqua son heure de pointage. Il lui restait une minute pour rejoindre sa salle de briefing, ce qu'elle fit, toujours au pas de course. Elle entra dans la salle 26, salua la chef de cabine et prit place entre deux stewards. On lui donna sa fiche de poste. Elle allait travailler à l'arrière de l'avion et ferait les annonces commerciales et de sécurité. Le commandant de bord qui venait de quitter la préparation des vols, passa la tête par la porte entrouverte, il fit une présentation rapide des particularités du premier vol de la rotation. Il faudrait en enchaîner quatre avant de rentrer tard ce soir. Simonéa récupérerait Éthan le lendemain seulement. Elle le garderait une journée puis assumerait un nouveau tour de service et le ferait à nouveau garder. Partir lui pesait de plus en plus. Portée comme une vieille et lourde armure, la routine la rassurait autant qu'elle l'empêchait de respirer pleinement. Elle rêvait d'une autre vie, d'un métier sans valise ni horaire. Seulement voilà, ce docteur Krishnamarla avait eu le mot juste : elle avait des jambes, mais elle n'avançait pas dans sa vie.

7

Le Docteur Krishnamarla raccompagna sa patiente au bout du couloir, puis s'en retourna, claudiquant, vers son bureau. Il s'installa, le temps de coucher sur sa fiche bristol, quelques annotations relatives à cette consultation, puis il glissa le carton dans son rangement. Le médecin, soigneux, opérait avec ordre. Rien ne semblait jamais l'émouvoir ou le perturber. Son travail consistait à dégripper les situations autant que les esprits, relancer un flux d'énergie emprisonnée par des barrages mis en place avec le temps. Il faisait tout cela avec douceur et dans la durée, sans jamais s'investir plus loin que la déontologie le permettait, un peu comme on sauve un noyé en restant sur la rive, en se penchant mais en ne tombant pas.

Il ouvrit la porte de son cabinet qui donnait sur la salle d'attente, pour accueillir une nouvelle patiente du nom de Piot. Simonéa se leva de sa chaise et lui tendit la main.

— Bonjour Docteur, dit-elle.

— Madame Piot, salua le médecin. Entrez, je vous en prie. Il contourna sa table et prit place face à l'hôtesse. Je vous écoute, débuta-t-il, un peu froidement et sans vouloir amener la femme sur un chemin quelconque.

— Votre jambe va mieux ?

— Ma jambe ?

— Je vois que vous ne me reconnaissez pas. Londres-Paris… Votre chaise roulante…

— Je n'étais pas sûr. Quand le contexte change, la perception change également.

— Simonéa releva ses cheveux en un chignon bâclé.

— Comme ça, je ressemble plus à une hôtesse de l'air, n'est-ce pas ?

— C'est certain. Je vous remercie d'ailleurs de l'accueil que vous m'avez réservé à bord, sourit le docteur. Mais, dites-moi, vous m'avez parlé d'idées noires et suicidaires, au téléphone, que se passe-t-il ?

— Pardonnez-moi, j'étais persuadée qu'il fallait une raison grave pour obtenir un rendez-vous rapide. En fait j'avais envie de vous revoir, à cause de cette petite phrase que vous avez eue en quittant l'avion.

— Je ne m'en souviens pas…

— Des jambes pour marcher et non pour avancer !

— Ah ! En effet, c'est bien de moi ce genre de

phrases.

— Je crois que j'en suis là.

Hayim Krishnamarla observait la jeune femme. Il la trouvait touchante, emmêlée dans sa vie mal tricotée. À bord de l'Airbus, il avait vite repéré ce trait. Aujourd'hui, il ne se mentait pas, il la trouvait charmante et savait d'ores et déjà qu'il ne l'accepterait pas en tant que patiente. Il aurait aimé la rencontrer autrement. Peut-être, aurait-il dû lui laisser ses coordonnées pendant le vol, mais il n'était absolument pas du genre à donner sa carte à une jolie femme. Combien de passagers l'avaient d'ailleurs déjà fait avant lui. Non, il aurait aimé la rencontrer dans un parc, sur un banc… Il aurait ainsi eu le temps nécessaire de laisser paraître l'intérêt qu'il lui portait. Maintenant, tout semblait condamné d'avance.

— Là, c'est-à-dire ?

— J'ai des jambes je marche. Autant dire que je cours même. Je cours partout et tout le temps. Mais je n'avance pas dans ma vie. C'est vrai, je n'ai pas d'idées sombres, mais je suis au point mort et je fatigue de stationner au carrefour, sans être capable de prendre une seule décision.

— Avant que vous n'alliez plus loin, Madame Piot, je dois vous dire, que je ne peux pas vous suivre.

— Je sais, je m'exprime mal, on me fait souvent ce reproche. Personne n'arrive à me suivre.

— Non, non. Je ne peux pas vous suivre médicalement. Le fait que nous nous soyons connus en dehors du cabinet et que nous ayons échangé sur divers sujets, raccourcit la distance nécessaire à une bonne thérapie. Vous comprenez ?

Le visage de Simonéa se décomposa instantanément et Hayim Krishnamarla s'en attrista sans le montrer bien sûr. Allons marcher un soir sur les bords de Seine, sous les lampadaires… Voilà, ce qu'il aurait aimé lui dire. Mais il en était bien incapable et de toute manière, s'interdisait toute glissade vers la sphère personnelle dans son cabinet.

Je vais vous diriger vers un excellent confrère, ajouta-t-il, en tirant un papier de son bloc. Vous pouvez vous présenter de ma part, ou si vous préférez, je lui écris un mot.

— C'est inutile, je n'aurais pas le courage de faire deux fois cette démarche. J'avais vraiment apprécié notre court échange, j'ai été heureuse de découvrir que vous étiez psychiatre et j'ai pensé que vous m'aideriez à voir un peu clair. Si ce n'est pas possible, ce n'est pas grave. J'ai survécu jusqu'à présent, je continuerai, ne vous inquiétez pas.

Simonéa se leva dans la foulée et tendit cette fois, une main sans vie au médecin, qui resta interdit, le cœur lui soulevant la poitrine et la raison lui tordant le ventre. Simonéa disparut en un éclair, cachant peut-être une larme de désillusion ; elle qui avait cru voir en ce passager, qui portait décidément bien son appellation, une loupiote dans sa nuit profonde.

Krishnamarla n'ayant pas de rendez-vous après Simonéa, se prépara à rejoindre son appartement, dans l'immeuble d'en face. Il reprenait ses consultations à 14h00. Il éteignit la lampe de son bureau et celle de la salle d'attente, puis se dirigeait vers la porte quand son téléphone sonna. Il prit le temps de retourner à sa table et décrocha.

— Docteur Krishnamarla.

— Docteur, c'est Simonéa Piot. J'ai bien compris vos raisons… Et si nous devenions amis ?

8

Simonéa était repartie effondrée du cabinet et son coup de fil au médecin ne l'avait guère remontée. Il n'avait pas repoussé sa proposition, mais il ne l'avait pas acceptée non plus. Je ne sais pas si c'est une bonne chose, avait-il répondu. Et il lui avait demandé un peu de temps ; ce que Simonéa avait traduit par : je ne l'intéresse pas, je suis trop idiote pour lui. Dans un autre cas, ou plus exactement, s'il s'était agi d'un autre homme, elle aurait conclu son analyse par une flopée d'insultes. Va te faire voir, pauvre type, puisque je ne suis pas assez bien pour toi, voilà, ce qu'elle aurait pensé en temps ordinaire. Mais avec Hayim, car elle l'appelait désormais, par son prénom, tout semblait différent. Elle ne lui demandait rien d'extravagant, elle aurait simplement aimé partager des moments avec lui, parce qu'il semblait hors du temps et de la société ; à la manière de ces chats, qui, assis sur un coin de bureau, présents sans l'être, posent sur vous un regard profond qui vous apaise. Hayim avait ce pouvoir réconfortant.

Simonéa hésita à passer voir Joce, mais elle craignait d'affronter les questions de son amie volubile et curieuse de nature. Joce était une fontaine de jouvence où il faisait bon se régénérer. Mais cette joie de vivre qui éclaboussait le monde, incommodait parfois Simonéa, en prise avec son triste quotidien. Elle décida de rendre visite à Cyndie. Luc avait pris Éthan pour deux jours, les deux filles pourraient enfin se poser, et s'occuper d'elles-mêmes.

Cyndie fut ravie de la visite de Simonéa, autrement que pour déposer Éthan. Pour une rare fois, la maman avait du temps devant elle. Cyndie fut aux petits soins, elle installa la femme dans le sofa, lui prépara un rooibos bio, sans théine et lui servit des biscuits italiens achetés la veille chez la mama de la rue Domrémy. Il faut dire que Cyndie tenait à détendre son amie au maximum, la mettre dans les meilleures conditions possibles, pour mieux la pénétrer de ses idées loufoques. Tant et si bien, que Simonéa, abattue par la tiédeur de Krishnamarla, eut une réaction en creux.

— Je ne sais pas trop de quoi tu me parles, mais tu peux bien m'emmener en enfer, ça m'est complètement égal.

— L'enfer ? Mais tu plaisantes, « les bonbons roses », c'est le paradis, oui !

— Le paradis selon Cyndie, je n'ose même pas imaginer.

— T'es bête. Je t'explique…

Et Cyndie se lança dans un discours digne du meilleur VRP. Tout était bon dans le bonbon ! Le club au nom évocateur offrait une discrétion absolue. On y accédait en traversant un bar chic, puis en passant par une porte dérobée dans le fond. Là, on se laissait glisser dans une atmosphère feutrée et enveloppante comme un bain chaud. Ambiance jazz-lounge, lumière basse, canapés confortables, tout invitait à l'abandon.

— Les hommes sont en costumes, chérie, et les femmes sont élégantes. On n'est pas dans une boite échangiste sordide de province, installée en bordure de nationale, sur un ancien parking routier. Non, ma belle, là-bas, le sexe est à la fois intellectualisé et sublimé, mais juste ce qu'il faut.

— Intellectualisé ? Je voudrais voir ça…

— Justement, je veux t'emmener ! On ne se pelote pas là-bas, on magnifie la caresse. Le satin de la peau, la soie de la robe, voilà le divin mariage… Aujourd'hui, les gens vont à l'Opéra en jean, mais aux bonbons roses, les femmes se drapent dans des tissus riches rapportés d'orient pour revivre mille et une nuits de noce.

— Tu t'emballes, Shéhérazade !

— Entrée gratuite pour les princesses, tu t'en doutes et pour les boissons, les chevaliers servants délient leur bourse.

— J'aime l'image. En même temps, ils veulent les vider, alors ils peuvent bien arroser un peu.

— Ce que tu parles mal. Je te raconte un conte de fées et tu salis tout avec tes raccourcis malsains.

— Ce n'est pas plutôt toi qui embellis les contes de fesses ? Bon faisons court. Je veux bien t'accompagner et boire une coupe, par curiosité, mais je te préviens je n'y passe pas la nuit et surtout, je ne fais rien ! Je répète le message : je serai spec-ta-tri-ce ! C'est quoi le dress-code ? Sari de soie rare, brodé d'or ?

— Tenue sexy exigée ! Sors ta lingerie fine, ça lui fera du bien de voir le jour. Et je te conseille un loup.

— Un loup…

— Oui un loup, tu ne sais pas ce que c'est ?

— Evidemment que si, mais je pensais à ma copine Jocelyne.

— Elle en vend ?

— Non, elle est dans un combat sémantique. Je t'expliquerai… C'est pour quand l'escapade ?

— Bah ce soir ! On prend ma voiture. Vingt-trois heures sur place, c'est dans le quinzième.

— OK, je serai chez toi une demi-heure avant, conclut Simonéa en se levant du sofa. Une chose est sûre, tu m'as fait rire et oublier ma désillusion du jour.

— Tu pars déjà ?

— Besoin d'une sieste, pour être un peu belle ce soir.

— Simonéa serra Cyndie sur son cœur et chuchota un merci au creux de son oreille.

— Merci ? De quoi ?

— De toute ta folie, de ta pétulance, d'être toi en fait.

— Viens ce soir, on va rire… Christian Grey est un enfant de chœur !

9

Le Raffles, le bar lounge qui servait de devanture aux bonbons roses, portait le nom du palace singapourien et en reprenait quelque peu l'atmosphère. Les plantes vertes luxuriantes, les murs pâles et les fauteuils chesterfield n'étaient pas sans rappeler les salons des colonies britanniques. Les deux filles traversèrent l'établissement avec naturel. Cyndie, d'un signe du menton, demanda au barman, si elles pouvaient accéder au club et celui-ci, répondit par un sourire entendu et un peu trop appuyé, au goût de Simonéa.

Cyndie, poussa une lourde porte habillée de cuir molletonné et clouté. Elles se retrouvèrent dans un sas, qu'une faible ampoule en forme de flamme, éclairait difficilement.

— On sort les loups ? dit Cyndie.

— C'est parti, acquiesça Simonéa et elle ouvrit son sac à main.

— Tu plaisantes ? s'effraya la nounou, au visage déjà masqué.

— Je pensais en avoir un, et je ne l'ai pas trouvé. C'est bon, ça fera l'affaire. Je l'ai dégoté dans la chambre d'Éthan.

— Mais enfin, Sim', je t'emmène dans le club le plus glamour de Paris et tu déboules avec un masque de Pikachu volé à ton gosse.

— Oh ça va… Les Pokémons, c'est tendance non ? Et sérieux, je crois que tes gentlemen vont regarder mes jambes plus que mon masque…

— Pfff… Allons-y !

Et Cyndie pénétra l'antre des délices, sous le regard des félins, arrivés de bonne heure. Simonéa suivait de près et même de très près pour être certaine de ne pas se retrouver seule en pleine savane et encerclée de grands fauves.

— Éloigne toi de moi, de plus d'un mètre et je te tue, prévint-elle.

— N'aie crainte, je n'ai pas l'intention de t'abandonner… Alors, sérieux, tu ne te sens pas… Femme ? En faisant abstraction de ta tête de Pikachu !

— Pute, je dirais plutôt.

— Arrête de jouer les institutrices effarouchées. Tu es toute désirable dans cette robe noire. Tes bas sont à tomber, si j'étais un homme je te boufferais dans la minute.

— Je te crois. J'ai l'impression d'être à poil, tellement je me fais déshabiller. Je pensais qu'on allait rencontrer des types chics, non ?

— Dans trois verres, tu leur trouveras une classe folle. Amène-toi, on va au bar.

Cyndie prit sa copine par la main et la traîna jusqu'au comptoir où elles se hissèrent sur de hauts tabourets.

— C'est l'Everest, leurs sièges. Faut un piolet pour grimper ?

— C'est calculé pour qu'on voit tes jolies cuisses, plaisanta Cyndie avant de se tourner vers le barman en criant « ce sera un mojito spécial club pour moi, s'il vous plaît ! »

— Parfait et pour la Pokémaniaque, qu'est-ce que ce sera ?

— Gin fizz, merci !

Cyndie laissa l'empreinte de sa carte de paiement et récupéra les deux verres. Elle chercha du regard, une table basse libre. Survint un homme masqué, qui enserra aussitôt la taille de Simonéa avant de s'exclamer :

— Depuis le lancement de Pokemon Go, je n'ai attrapé aucun Pikachu ! Mais maintenant, c'est fait ! Et il est magnifique. J'avais déjà capturé des Roucool, des Coconfort et même des Carabaffes, mais des…

— Justement, stoppa net Simonéa, j'ai peut-être la tête de Pikachu mais j'ai du sang de Carabaffes dans les veines. Alors enlevez vos mains de ma taille.

— Allons, ne le prenez pas mal, je faisais de l'humour potache mais pas méchant. Pour me faire pardonner, je vous invite à ma table, je suis installé, dans le coin droit, avec une amie.

— OK, dit Cyndie, on vous suit… Pour le moment seulement. Puis elle glissa à l'oreille de son amie : reste calme, il n'est pas méchant. Personne ne l'est ici. Il n'y a jamais de débordement. Si c'était le cas, ils mettraient vite la clé sous la porte. Les hommes se tiennent mieux ici que dans n'importe quelle boîte réglo.

— Mouais…

L'homme se présenta, ou plus exactement énonça ce qui ressemblait fort à un pseudo. Il disait s'appeler Marcello et Simonéa imagina qu'on écrivait le prénom avec une dizaine de « R » et de « L » tant la prononciation fut théâtrale. L'amie se nommait Solène. Elle parlait peu et n'avait d'yeux que pour Cyndie. Quand elle ne décroisait pas ses jambes, elle les caressait avec une sensualité surjouée, qui semblait pourtant attirer le regard de Cyndie. Simonéa en fut tout d'abord surprise mais après tout, venant de son amie, rien ne l'étonnait vraiment tout à fait. Elle réalisa d'un coup, que Cyndie, qui avait pris place entre Marcello et Solène, semblait parfaitement à l'aise au milieu du couple. Simonéa se trouvait, comme elle l'avait souhaité, un peu à l'écart et observatrice de la pièce qui se jouait devant elle.

— Je ne vous ai pas demandé vos prénoms, dit Marcello, sans vraiment poser la question.

Cyndie fut la plus rapide :

— Yao et Lin. Moi, c'est Lin !

— C'est chinois ? questionna Solène.

— C'est ça ! Nous sommes sœurs et notre père, qui a vécu à Shanghai, jeune, a souhaité garder la mémoire de ses belles années.

Marcello embraya sur les voyages. Il avait vu la Chine mais aussi des dizaines d'autres pays, par son travail, dont il ne voulut pas parler. Inintéressant, dit-il. Racontant ses périples en Inde, il posa négligemment sa main sur le genou droit de Cyndie qui le laissa faire. Hormis l'ostensible jeu de séduction du couple d'amis, la soirée aurait pu se dérouler à peu près n'importe où. Sur la piste de danse, deux tigresses, seulement, se déhanchaient sur un funk suranné. Le club ne s'était pas encore rempli et pour l'heure les bonbons roses ne livraient pas encore leur secret.

10

Plusieurs gin fizz et mojitos plus tard, l'ambiance s'était réchauffée. De nombreux couples dansaient, et pas toujours du sexe opposé. Dans certains coins de la salle principale, on flirtait déjà, on tentait des rapprochements. Mesdames, Messieurs, pensa Simonéa, restez attachés, nous sommes toujours en montée et nous n'avons pas atteint l'altitude de croisière. La température en cabine ne cesse de grimper !!!

Cyndie et Solène étaient allées danser plusieurs fois déjà. Simonéa ne semblait pas encore dans l'ambiance, même si le gin se mêlait déjà bien à son sang. Marcello la fatiguait avec ses anecdotes rapportées du monde entier. D'un monde qu'elle avait parcouru, plus que lui, certainement, lorsqu'elle volait encore sur long-courriers. Le mojito devait être plus dosé que le gin, ou bien Cyndie moins résistante à l'alcool, car elle fut la première à parler fort et rire de n'importe quoi. Simonéa tenta bien de calmer ses ardeurs en fronçant les sourcils par moment, mais Cyndie quittait le port, elle avait détaché les amarres et dériverait bientôt au gré des flots.

— Vous savez, dit-elle à Solène et Marcello, j'ai amené ma sœur pour qu'elle voie ce que la nuit sait offrir, quand on s'abandonne à elle.

— C'est une merveilleuse idée, sourit Marcello.

— Je me disais que nous pourrions commencer par lui faire visiter le rez-de-jardin Qu'en pensez-vous ?

— Allons-y, s'exclama Solène en s'extrayant langoureusement du sofa.

Cyndie, mal assurée sur ses talons tendit une main à Simonéa. Elles marchèrent bras dessus, bras dessous, se soutenant l'une l'autre pour emprunter l'escalier qui menait à un patio souterrain donnant sur un minuscule jardin privatif. Marcello avait pris la tête du petit groupe. Il fit office de guide :

— Nous traversons actuellement la galerie des délices. Comme vous pouvez le constater, elle est meublée de canapés et de lits confortables. Les groupes peuvent s'isoler s'ils le désirent ou se laisser observer par des non participants, ce qui ajoute parfois au plaisir. Tenez, ici par exemple, les amants d'un soir ont tiré le rideau de velours, ce qui signifie qu'ils ne veulent pas agrandir le nombre de joueurs, mais ils n'ont pas fermé les ouvertures, sur le côté et nous sommes donc invités à regarder leurs ébats.

Des gémissements s'échappaient de cette partie du patio. Marcello prit le bras de Simonéa et l'amena au premier rang.

— Vous ne risquez rien, jetez un œil, voyez comme c'est beau, ces chairs qui s'épousent.

Simonéa se montra tout d'abord réticente, mais elle dut bien admettre que son corps pensait différemment que son esprit. Des papillons se firent sentir, dans le bas de son ventre, et alors que Cyndie lui passait la main dans le dos pour la rassurer, elle éprouva une sensation agréable. Elle fixa son attention sur une femme en particulier, rousse, la chevelure incroyablement longue et fournie, la peau laiteuse… Simonéa découvrit l'inverse de ce qu'elle avait imaginé. Elle s'était attendue à trouver dans ces lieux, de pauvres filles perdues subissant les assauts de mâles en rut. Elle découvrait au contraire, une femme épanouie, pareille à une impératrice qui se serait offerte à ses propres esclaves, sans retenue et avec un plaisir exacerbé. La femme aux cheveux embrasés ondulait sous les caresses et les baisers des quatre hommes présents et malgré la position de soumission, on sentait, qu'elle dirigeait plus qu'elle ne subissait. Incontestablement, on lui obéissait ! Certes elle s'abandonnait complètement, mais elle restait la reine de la fête. Sa fête !

Lorsque Simonéa quitta la scène des yeux et se retourna vers son propre groupe, elle s'aperçut que Cyndie et Solène s'embrassaient à pleine bouche. Elle prit alors conscience que la soirée avait basculé dans une dimension où elle ne contrôlerait peut-être pas tout.

Et de fait, les deux amantes ne tardèrent pas à glisser vers l'une de ces niches à plaisir. Elles fermèrent les ouvertures et se dévêtirent en partie, avant de s'allonger sur un immense matelas de mousse, recouvert d'une toile agréable. Simonéa, qui avait suivi, ne sut d'abord trop que faire… De ses mains en particulier. Marcello ne se posa pas la question, il fouilla rapidement dans son pantalon gonflé et regarda avec gourmandise les deux filles qui laissaient leurs bouches se découvrir mutuellement. Simonéa décida qu'elle aurait l'air moins idiote assise et se posa à côté du couple, sur le bord du lit. Marcello avait sorti son sexe et l'astiquait avec lenteur, quant aux filles, elles étaient seules au monde. Notre hôtesse se demanda un instant ce qu'elle faisait là, à regarder sa nounou aspirer les seins d'une inconnue, sous l'œil excité d'un type, sabre au clair. Puis le gin et l'ambiance générale eurent raison de sa morale, de sa réserve et de ses peurs. Elle apposa une main sur le dos de son amie, comme pour partager l'instant. Elle ne voulait rien de plus que rester en contact, se mêler mais sans participer, en quelque sorte. Plus les femmes prirent de plaisir plus elles s'ouvrirent au monde environnant. Solène roula sur le côté, en direction de Marcello et sa bouche vint se poser exactement à l'endroit de son sexe. Elle lui prêta une attention toute particulière, douce et même aimante. Alors Cyndie se redressa et embrassa Simonéa sur la joue, sous le masque de Pokémon. Elle se montra rassurante et l'invita à se perdre dans ses bras. Simonéa ne décela rien de déplacé dans ces gestes, elle se laissa aller et se retrouva bientôt nue, allongée, enlacée, apaisée par les bras de son amie. Les pointes de leurs seins se tutoyèrent un instant et Simonéa éprouva du plaisir. Elle glissa plus encore dans l'abandon, à mesure que les massages de Cyndie se faisaient langoureux.

— A ton tour, chuchota Cyndie, caresse-moi, découvre-moi...

— Je n'ose pas, murmura Simonéa, j'ai peur...

La nounou plaqua ses lèvres sur celles de Simonéa. Elle l'embrassa longuement, avec tendresse. Alors seulement, après de longues minutes, les mains de Simonéa descendirent le long du dos de son amie. Elles trouvèrent l'arrondi des fesses, s'y arrêtèrent un instant, puis glissèrent vers les cuisses, qu'elle avait fermes et douces. Solène et Marcello, avec une grande discrétion, se mêlèrent aux deux "sœurs". Marcello fut excité par la vision de l'inceste. L'équipage nouvellement formé s'apprêta à décoller.

L'autorisation était donnée, il n'y avait plus qu'à pousser les manettes, ce que fit Solène. La femme s'agenouilla pour s'abreuver à la source de Simonéa dont le cœur s'accéléra d'un coup. Le sang lui battait aux tempes, au bout des doigts, mais surtout gonflait sa vulve comme jamais auparavant. Elle crut qu'elle allait défaillir, submergée par cette inqualifiable vague de plaisir. Puis elle fut emportée par une sorte de tourbillon où chacun se retrouva, tour à tour, à donner puis recevoir. Etouffée par les fesses de Solène, puis le pubis de Cyndie, elle entendit soudain : "suce-moi, petit Pikachu", avant d'accueillir, malgré elle, le sexe de Marcello. Par chance, l'homme offrit sa semence à Solène qui la réclamait. Simonéa eut un orgasme grâce aux dernières caresses de Cyndie et lui rendit la politesse, puisqu'elle avait été élevée ainsi, dans la générosité.

Ainsi, se termina la soirée aux bonbons roses. Chacun se rhabilla et ajusta son loup.

— On s'en va, chuchota Simonéa, qui revenait à la réalité. Elle jeta un œil à sa montre. Et dire que je bosse dans quelques heures…

Dans la rue, alors que les filles rejoignaient la voiture, dans le silence de la nuit qui s'achève, Cyndie osa la question que redoutait Simonéa :

— Tu as aimé ?

— Si tu veux bien, on en parle un autre jour… Ou pas !

11

Cyndie déposa Simonéa, en bas de chez elle et la gratifia d'un énorme bisou sur la joue, comme pour revenir à une franche camaraderie et dissiper un tant soit peu ce qui pouvait rester de cette soirée dans les esprits et dans les corps.

— Bon courage, dit-elle, ça va aller ? Tu vas dormir un peu ?

— J'ai préparé un sac et mon uniforme. Je crois que je vais partir tout de suite pour Roissy, sans me changer, au moins ça roulera. Et puis sur place je demanderai une chambre.

— Tu vas à l'hôtel ?

— Non ! On dispose de chambres, logiquement attribuées au personnel de réserve. Tu sais, quand tu attends des heures, pour remplacer un steward ou une hôtesse malade au dernier moment, tu es contente de pouvoir dormir un peu. Vu l'heure, trois plombes du matin, je pense qu'on me donnera une chambre, même si je ne suis pas de réserve. Avec un sourire Air France, tu obtiens tout !

— C'est ton sourire qui est à tomber ma belle, pas celui de toutes les hôtesses !

— Si tu veux… Allez, je file. Bisous Cyndie.

— Bisous Pikachu !

— Ça va me coller à la peau ce truc. Je me tire.

Une heure plus tard, Simonéa se trouvait face à un jeune homme aux yeux mi-clos, gardien de l'espace réserve, qui distribuait des serviettes si vous souhaitiez prendre une douche, attribuait les chambres et surveillait vaguement la salle bagages attenante.

— Salut, dit-elle, c'est possible d'avoir une chambre ?

— À cette heure-ci ? Mais vous venez d'où ? Il n'y a pas de vol, ni de réserve !

Posant la question, il détailla la tenue de la femme et un sourire sarcastique se dessina sur son visage.

— Je comprends… reprit-il, c'était cool la soirée ?

— Je ne sais pas ce que vous imaginez. Je sors d'un mariage, qui s'est terminé tard et j'habite trop loin pour rentrer me coucher. Mon vol est à quatorze heure, je pointe à midi trois quarts, c'est tout. Ce serait chouette si je pouvais dormir un peu.

— Si vous voulez, je peux vous faire visiter la chambre, ricana le jeune type, un peu lourdaud. Parce que, en vrai, je n'ai pas le droit de vous donner la piaule, vu que vous n'êtes pas de réserve…

— Pardon ? Vous me prenez pour une pute ou quoi ?

En guise de réponse, le garçon promena son regard, sur les bas résilles, les talons aiguilles et la courte jupe.

— Mariage à thème ! coupa net Simonéa. Bon, vous me donnez une chambre ?

— Thème… genre t'aime ça ! se mit à rire le gardien, heureux de son jeu de mot.

— Pauvre taré ! s'énerva Simonéa qui commençait à fatiguer de sa soirée.

— Comme vous voulez, Madame. Il y a des collègues à vous, qui habitent la province, elles sont bien contentes de me trouver, la veille des vols, au lieu de payer l'hôtel. On s'entend, on s'arrange… On se rend des petits services, si vous voyez ce que je veux dire. Mais si vous le prenez sur ce ton…

— Gardez votre lit, les canapés, c'est pas ce qui manque ici. Je vais me débrouiller. Mais je parlerai de vous à ma direction.

— Faites Madame. Vous êtes sur les caméras de surveillance. Je vais leur montrer dans quelle tenue vous êtes venue négocier une chambre. Je leur dirai que je n'ai pas cédé. Je suis un type droit, moi !

— Sale con ! pesta Simonéa avant de tourner les talons et de quitter la salle réserve. Elle arpenta la Cité

Air France et trouva un canapé, posé au croisement de deux couloirs. Elle s'y recroquevilla, régla l'horloge de son mobile pour pouvoir se réveiller avant l'arrivée des cadres.

— J'aurais mieux fait de dormir chez moi, je suis nulle, ronchonna-t-elle. Mais qu'est-ce que j'ai dans le crâne parfois ?

Et sans donner la réponse, elle sombra dans un profond sommeil. Elle fut réveillée par un gars de la préparation des vols, qui se montra compréhensif et bienveillant :

— Madame ? fit-il en caressant son épaule. Réveillez-vous. Je ne sais pas ce qui vous est arrivé, mais vous devriez rentrer chez vous, je pense.

— Hein ? Quoi ? Pardon ? sursauta Simonéa. Mais qu'est-ce que ? Oh non, quelle heure est-il ?

— Midi environ.

— Tout Air France m'a vue dormir ?

— Beaucoup de gens, en effet.

— Merci, merci, c'est très gentil de m'avoir réveillée. Je dois me préparer…

— Vous êtes certaine que tout va bien.

— Oui ! cria Simonéa qui courait déjà dans le couloir.

Elle rejoignit la salle réserve de nouveau. Le gardien de nuit était rentré chez lui. Elle fila sous l'une des douches du complexe puis sortit son uniforme de son sac. Une vague de chair de poule, soudain, déferla dans sa nuque. Elle sentit la sueur lui mouiller les aisselles.

— C'est pas vrai ?

Elle fouilla encore et encore. Vida son bagage, mais elle dut se rendre à l'évidence : elle avait oublié une paire de collants pour le vol, ainsi que ses escarpins d'uniforme ! Elle apostropha deux hôtesses, mais aucune n'avait de collants de rechange et encore moins de chaussures.

— Demande à une hôtesse long-courrier, dit l'une, les filles en ont toujours deux ou trois. Moi, je fais un Düsseldorf sec, j'ai rien pris. Sinon, dans ton équipage, on ne sait jamais.

— C'est vrai que les résilles, c'est un peu voyant en uniforme, mais c'est un style, dit l'autre, sourire aux lèvres.

— OK merci.

Vint l'heure du briefing, avant le vol. Simonéa arriva dans la petite salle, mine défaite malgré le maquillage, ses longues jambes serrées dans un filet érotique et montée sur talons aiguilles. La chef de cabine la dévisagea avant de l'interroger :

— Tu ne comptes pas voler ainsi ?

— C'est-à-dire que j'ai oublié mes chaussures d'uniforme…

— Et tu as aussi filé tes collants, donc tu as mis ce que tu avais avec toi ?

— Oui voilà ! Ça t'est déjà arrivé ?

— Pas vraiment, non !

Le commandant de bord arriva au même moment, pour donner les informations techniques du vol.

— Ne te formalise pas pour la tenue de notre hôtesse, intervint la chef aussitôt. Je vais lui prêter une paire de collants. Moi, j'en ai toujours deux ou trois de rechange.

— Personnellement, j'aime beaucoup. Si Air France pouvait s'en inspirer pour les prochains uniformes, le taux de remplissage cabine s'améliorerait. Les clients reviendraient, crois-moi. Et il jeta un œil complice à Simonéa.

— Si ça ne t'ennuie pas, elle va tout de même se changer, insista la chef de cabine.

— Parfait, faisons comme ça. Je vous donne les infos et on se retrouve dans la navette, pour aller à l'avion. Il est parqué au large, alors ne perdons pas de temps.

Le commandant enchaîna sur les données météo et les horaires. Avant de quitter la pièce, il se tourna vers Simonéa, et lança :

— Si tu veux te changer au poste de pilotage, tu es bienvenue.

L'équipage commercial termina son briefing, passa les filtres de sécurité, à l'intérieur des locaux d'Air France et retrouva donc les deux pilotes dans la navette. Simonéa reçut de sa chef les collants providentiels, qu'elle s'empressa de ranger dans son sac. Voulant faire vite, et peut-être aussi tourmentée par cette chef peu conciliante, elle accrocha au bras de son siège, l'anse de son sac et celui-ci se retourna, déversant son contenu dans l'allée du bus. Le masque de Pikachu roula sur la moquette. Simonéa s'accroupit aussitôt et rassembla ses effets personnels. Le commandant s'empressa de l'aider, comme on s'en doute, ramassa le masque et le tendit à Simonéa. Il chuchota alors :

— Yao ?

— Marcello ?

12

La navette déposa l'équipage au bas de l'avion, au pied de l'escabeau. Le copilote, lampe torche en main, fit le tour de l'appareil, vérifia la présence des pastilles de sûreté sur les compartiments de la carlingue, s'assurant ainsi, que personne n'avait glissé d'objets indésirables et un peu explosifs. Durant ce temps, les hôtesses s'assuraient de la même visite dite de sûreté mais à l'intérieur de la cabine. Le commandant Marcello, de son vrai nom Jean-Jacques Picard, s'installait à son poste et procédait aux premiers enregistrements des données de vol. Simonéa, elle, avait filé dans les toilettes. Elle s'enferma et sortit aussitôt les collants de sa chef de cabine.

— Comme ça, je passe d'un extrême à l'autre, se dit-elle en constatant qu'elle dépliait des collants de contention, indice 1, prévention des varices... Là, c'est sûr, je ne trouverai pas l'homme de ma vie, sur ce vol !

Elle glissa un pied dans une jambe du collant beige naturel, puis dans son escarpin et dut admettre que le mariage du talon aiguille et du "Venoflex Kokoon microfibré opaque" était somme toute douteux. Elle enfila néanmoins l'autre jambe, étira et tenta d'ajuster le haut du collant à sa taille, dans un geste peu élégant mais efficace. Puis elle se mira dans la glace, pour vérifier que son maquillage masquait les traces de sa nuit sans sommeil. Elle tapota les poches sous ses yeux, joua avec la peau qui peinait à reprendre sa place.

— Tu es en excédent de bagages, ma chérie, constata-t-elle. Tu as intérêt à boire de la flotte !

Puis elle tira la langue, loin, hors de la bouche, jusqu'à dévoiler la couche de plâtre jaune qui lui couvrait le fond de l'appendice. Elle prit la résolution d'arrêter l'alcool et de mettre son foie au repos et se souvint qu'elle avait pris ce même engagement le mois dernier. Elle resta de longues secondes à observer ce petit bout de muqueuse et se demanda soudain quel type de relation on pouvait bien entretenir avec sa nounou, une fois sondée sa personnalité profonde, une fois percé, de la pointe de la langue, le secret du monde. Ne rien dire, ne plus évoquer cette soirée. Cyndie était une super nounou et Éthan l'adorait. Il ne fallait rien changer. Après tout, cette folle envolée n'avait peut-être pas existé, elles avaient bu, elles avaient tout imaginé. Inutile de revenir sur les événements. Il fallait avancer. Ah oui, avancer… c'était ce qu'elle savait faire le moins. Elle eut une pensée pour Hayim et son cœur se serra. Trois coups frappés sur la porte la ramenèrent à la réalité du moment.

— Les collants te vont ? hurla la chef de cabine.

— Très bien, répondit Simonéa sans évoquer les six ou sept centimètres qui manquaient cruellement et lui donnaient l'horrible impression d'un flottement à l'entrecuisse.

Elle sortit aussitôt des toilettes et rejoignit les offices de l'appareil, c'est-à-dire les cuisines. Elle ouvrit les voitures roulantes et compta rapidement les plateaux. Le nombre lui semblant correct, elle se saisit de l'interphone et s'adressa à l'équipage :

— C'est OK pour les prestations, on a tout !

— Parfait, répondit la chef, l'embarquement va être lancé d'ici cinq minutes. Simonéa, le captain veut te voir au poste de pilotage.

— J'y vais !

Elle remonta la cabine, la lèvre inférieure pincée, pressentant le sujet qu'allait aborder Marcello. Elle passa la tête par la porte du poste :

— Je peux rentrer ?

— Oui, oui, ferme derrière toi, dit le commandant, installé à son siège. Fred, le copi est en bas, on a deux secondes. Voilà, je ne veux pas te mettre mal à l'aise…

— Raté !

— Excuse-moi dans ce cas… Je voulais juste te dire que j'avais passé une soirée extraordinaire hier et…

— Oui, bon ça va !

— J'aimerais beaucoup te revoir.

— Ecoute, Marcello, enfin, euh… Jean-Paul.

— Jean-Jacques.

— Oui, Jean-Jacques, il y a méprise. Je ne suis pas habituée de ce genre d'endroit. Je suis venue pour faire plaisir à ma copine et j'ai un peu trop bu, voilà.

— Je m'en suis douté, mais ce n'est pas ce qui compte. Tu es différente, tu as de l'humour, tu as l'air vive d'esprit, tu me plais, je t'assure.

— Tu ne connais rien de moi. Je veux dire, pas l'essentiel.

— Ne dis pas ça ! J'ai adoré ton masque de Pokémon. C'était décalé, génial.

— Oui bon, je ne vais pas te raconter la genèse de mon accoutrement, mais tu fais fausse route.

— Tiens, prends ma carte. C'est mon numéro perso. Appelle quand tu veux, jour et nuit, je vis seul. Réfléchis, on peut s'offrir une belle tranche de vie, non ? On a les mêmes plaisirs, j'ai de l'argent, on peut tout s'autoriser, tous les délices.

— Qui te dit que je ne suis pas mariée ? D'ailleurs je le suis. Et puis ton fric, c'est mal venu. Je veux bien prendre ta carte, mais je ne t'appellerai pas. Je dois retourner derrière pour l'embarquement.

— Tu as tout ton temps. À tout à l'heure…

Simonéa sortit du poste de pilotage, énervée mais

soulagée. Elle venait de se débarrasser de l'un des acteurs de cette nuit diabolique. Elle n'avait plus qu'à clore le sujet avec Cyndie et l'épisode serait classé. Pour autant, elle se sentait embourbée dans sa vie, son métier, son quotidien, Luc et ses livres, qui pesaient le poids d'un âne mort... Elle ne rencontrait personne, ni à Air France ni sur les sites. Elle prendrait bientôt un verre avec le beau Raphaël, droit sorti du net, presque virtuel et qui avait l'épaisseur d'un mirage, quant à Hayim Krishnamarla, il se dessinait de plus en plus comme une comète. Il avait éclairé son ciel, l'espace d'un instant trop court, et elle n'en percevait plus que le souvenir diffus, à la manière des sillages d'avions qui s'estompent et s'évanouissent en fumée. Rien ni personne ne lui donnait vraiment envie de sourire. Pourtant, elle se conditionna, une fois de plus et afficha une mine enchantée : on avait lancé l'embarquement !

13

Comme son nom le laissait entendre, le café de la butte aux piafs, se trouvait non loin de la butte aux cailles, entre la place d'Italie et le quartier Corvisart. L'ambiance y était plutôt sympa, façon Paris des titis et on y mangeait très bien, pour un prix, lui aussi très parisien. Chaises, tables, carafes, verres, le tout dépareillé, donnait le fort sentiment d'être chez soi et de fait, on se sentait bien dans ce bistrot de la rue des cinq diamants. C'était là, que Joce, via le profil de Simonéa, avait organisé la rencontre entre l'hôtesse et le publicitaire. Raphaël Perloso était attablé depuis une vingtaine de minutes et sirotait un panaché, quand Simonéa déboula, en retard, et en sueur. Elle se dirigea vers lui sans hésitation, puisque les autres tables étaient occupées par des couples ou des groupes d'amis.

— Oh la la, je suis confuse, s'exclama-t-elle.

Elle lui tendit la main, alors qu'il se levait pour

l'embrasser.

— Oh pardon, fit-il.

— Non, c'est moi, coupa-t-elle. Je suis perturbée. Bref, excusez-moi. Asseyons-nous, on se donne en spectacle là. Je m'appelle Simonéa, voilà…

— Oui, je sais, ironisa le garçon. On s'est déjà pas mal écrit…

— Ah oui. Oui je sais que vous savez… En revanche, je ne sais pas ce que j'ai. Je me sens un peu maladroite.

— Calmez-vous, rassura Raphaël en prenant la main de Simonéa, qu'elle reprit aussitôt.

— Pas trop vite ! Pas trop vite ! OK, c'est un site de rencontres, mais bon, ce n'est pas une raison.

Le pauvre Raphaël s'excusa de nouveau. Il ne comprenait pas l'énervement de la jeune femme. Il lui proposa de regarder la carte des boissons et tenta de ramener Simonéa vers un rythme plus posé.

— Alors comme ça, vous bossez pour Air France, engagea le beau brun.

— Oui… je suis hôtesse de… de bord, rattrapa Simonéa. Commandant de l'air ! De bord !

— Pilote, quoi !

— Voilà ! Pilote, commandant de bord.

— Quelle chance, vous avez un métier extraordinaire. Et je ne pense même pas aux voyages. Ça, à la limite, les hôtesses en profitent aussi. Mais vous, vous faites décoller des monstres d'acier.

— Euh… Oui ! Et je les pose, aussi.

— Heureusement ! Quelle responsabilité, tout de même. Vous ne pensez jamais au crash au moment de l'atterrissage ?

— Ah ben, non jamais. C'est un coup à foutre tous les plateaux par terre. L'avion par terre !

— Je peux vous avouer quelque chose ? demanda l'homme.

— Bien sûr. Je vais juste commander un verre de vin, j'en ai besoin, là.

Ce faisant, Simonéa différa sa résolution d'arrêter l'alcool et oublia l'état de sa langue chargée. OK, je suis à vous.

— Il m'est arrivé quelquefois de prendre l'avion. Comme à peu près tout le monde. Mais voyez-vous, je n'ai jamais fantasmé sur les hôtesses de l'air…

— Ah non ?

— Beaucoup de mes copains trouvent ces filles hyper sexy. Il paraît qu'elles portent des bas et de la dentelle sous leur uniforme. Mais moi, non.

— Pourtant, les hôtesses sont belles, non ?

— Oui certaines. Mais pas toutes, vous devez le savoir. Et entre nous, si elles souriaient plus, elles seraient beaucoup plus jolies. Quoi qu'il en soit, je les trouve gourdes. C'est vrai entre poser un airbus A380 et servir un Coca, il y a un monde quand même. Si j'étais votre P-DG, je collerais des distributeurs de boissons et de sandwiches sur tous les avions. Dix salaires en moins à payer par vol, faites le calcul. Je vous remonte la boîte en un rien de temps.

— Je suis flattée, mais je vous trouve un peu dur quand même. Et puis, des distributeurs en porte-jarretelles, ce n'est pas très sexy.

— Oh, j'adore votre humour…

— Et en cas de crash, qui sortirait votre cul de l'avion en flamme ? La nana un peu cruche en jarretelles ou la machine à Coca ? Hein ?

— Pas de crash avec des pilotes comme vous Simonéa.

— C'est sûr… Et vous, qu'est-ce que vous faites exactement dans la pub ?

— Je vends mes idées. Je les vends une blinde. Les vraies bonnes idées, ça vaut de l'argent, vous savez.

— Comme remplacer les hôtesses par des machines ?

— Vous n'avez pas aimé ma remarque. Je suis désolé. Vous avez peut-être des amies hôtesses.

— Voilà, c'est ça !

— Pardonnez-moi. Donc, moi, je crée des concepts. Je suis créateur d'univers en somme. Une publicité, c'est un monde dans lequel vous plongez pour deux minutes trente. Quand vous remontez à la surface, vous manquez d'air, vous voulez retourner dans cette galaxie qui vous échappe. Alors, vous courez acheter l'objet, la montre, le parfum, la voiture qui vous donnera le sentiment d'être éternellement, dans cet univers que j'ai créé pour vous seule.

— Ah quand même…

— Je sais, c'est surprenant !

— Comment se fait-il qu'un type aussi brillant que vous soit seul dans la vie ?

— Je pourrais vous retourner la question. Vous êtes magnifique, vous êtes une aventurière, une princesse de l'Atlantique, la Lara Croft du double et du quadruple réacteur. Et pourtant… Oui pourtant, vous êtes là, face à moi, cherchant l'amour. Ce sera moi, peut-être. Ou pas.

— Ou pas, en effet !

Simonéa leva le verre que l'on venait de lui apporter. Elle proposa de trinquer à la vie et à ce qu'elle réserve de plus incongru. Elle reposa son verre à moitié vide et le silence se fit autour de la petite table de formica, qui sentait encore un peu l'éponge fraîchement passée. Elle détourna son regard du jeune homme, se demanda ce qu'elle faisait là, tout en donnant immédiatement la réponse : site de rencontres ma belle, tu t'attendais à tomber sur le prince charmant, beau, intelligent, parfait ? Non, rebondit-elle aussitôt. Je n'espérais rien, je pensais passer un moment avec un mec normal. Normal ? Tu me fais rire. Normal, comme un président normal ? Fais pas chier. Normal, comme moi, c'est-à-dire un type aux prises avec sa vie, ses galères, mais qui trouve du plaisir dans les instants simples, sortir son chien, dormir dans l'herbe, faire une quiche sans croûte, se barrer au milieu d'un film parce qu'il est nul et aller boire une bière en riant tout seul. J'en ai marre de ces mecs qui ne parlent qu'argent, boulot, et qui passent leur temps à se vendre. Ça n'existe pas un type capable de dire, je ne suis pas parfait ? Je ne tiens pas trop debout, mais il y a une chose que je sais faire c'est regarder celle que j'aime. Je sais voir qu'elle existe. Juste ça !

— Vous êtes là Simonéa ?

— Quoi ?

— J'avais l'impression que vous étiez ailleurs. Presque en train de parler.

— Non, non, je suis là, confirma Simonéa et elle siffla la fin de son verre.

— Un second ?

— Non merci. Quand je bois, je fais des conneries…

— Moi aussi. Je me souviens, un jour en pleine agence, on avait signé un énorme contrat avec une boîte allemande, et j'avais bu plus que de raison. D'un seul coup, je suis monté sur…

— Raphaël, excusez-moi, mais… Je m'en fous. Ne le prenez pas mal, mais je m'en fous de votre univers doré, peuplé de montres et de parfum. Je vais partir.

— Je suis nul, excusez-moi, je suis maladroit. Je parle de moi et en fait… C'est vous qui m'êtes importante. C'est ça la vérité.

— Oublions tout ça, je dois rentrer.

— Votre portable vibre !

— Oui merci. Lui aussi, je m'en fous. Et je ne connais pas ce numéro.

Raphaël ne trouva pas la force de se lever, il resta cloué sur sa chaise de bois, face aux deux verres vides. Simonéa lui tendit la même main sèche qu'à son arrivée.

— Au revoir Raphaël, je vous souhaite de rencontrer quelqu'un de bien.

— Simonéa ?

— Oui ?

— Vous m'avez demandé pourquoi j'étais seul ? Maintenant, vous le savez, je ne suis pas très adroit. Pas très malin. Ma mère m'a toujours dit que j'avais eu tout juste assez de cervelle pour me rendre compte que j'en avais trop peu. Elle appelait ça la lucidité.

— Et merde, marmonna Simonéa en tournant les talons. Elle sortit du bar, sans se retourner, arpenta le boulevard Blanqui, traversa la Place d'Italie et descendit Vincent Auriol. Elle marchait d'un pas ferme qui trahissait sa colère. Fureur qu'elle s'adressait à elle-même. Raphaël n'était certes pas finaud, mais il n'avait pas mérité son mépris. Au moins, n'appartenait-il pas à la catégorie des snipers du net, qui passent les profils féminins à la lunette de leur fusil de précision. Il avait tout du brave type. Peut-être le genre de garçon qui pouvait lui plaire. Puis l'emportement laissa la place à un sentiment de culpabilité et de déception. Son smartphone lui rappela qu'un message avait été déposé sur sa boîte. Elle écouta et reconnut aussitôt, la voix chaude de Hayim :

— Bonjour Simonéa, c'est Hayim Krishnamarla à l'appareil. Vous m'avez demandé, si nous pouvions nous voir, en amis. J'ai été terriblement maladroit en vous demandant de me laisser un peu de temps. J'espère que vous me pardonnerez. J'ai été très touché par votre demande, et même désarçonné. C'est avec grand plaisir que j'accepte de vous revoir, si toutefois je n'ai pas tué ce désir en vous. Dites-moi, où il vous ferait plaisir de dîner et si vous n'avez pas d'idée, confiez-moi l'organisation de notre soirée, j'en serais ravi.

Pour réécouter ce message faites le 1, pour le sauvegarder, faites le 2, pour l'effacer faites le 3…

Simonéa fit le 1, puis encore une fois le 1 et pour finir appuya sur le 2.

14

Malgré l'appel de Hayim, le lendemain matin fut curieusement en demi-teinte pour Simonéa. Son cœur en fête louait Krishnamarla, mais le reste du corps ne suivait pas. Les cheveux refusaient de se mettre en place, les lombaires faisaient souffrir, la peau du visage s'obstinait à ne pas rajeunir et surtout la mauvaise conscience de la veille repeignait en noir toutes les pensées du jour. Pour parfaire le tableau, Luc venait de déposer un Éthan grincheux et absolument pas coopératif. Le minot, d'ordinaire joyeux, semblait ronchon et Luc s'en étonnait.

— Il est comme ça depuis le réveil, je ne sais pas ce qu'il a.

— Moi, je sais, conclut aussitôt Simonéa. Il a les yeux sous les joues, il n'a pas dormi, c'est tout. Tu t'es couché à quelle heure, mon ange ?

— Je ne te le dirai pas, lança Éthan.

— Ah pourquoi ? questionna la maman, alors que Luc pâlissait à vue d'œil.

— Passse que c'est un secret.

— Ah bon ?

— Papa, m'a dit que c'était un secret et qu'il fallait dire à personne à quelle heure on s'était couchés.

— Je vois, dit Simonéa en se mordillant la lèvre supérieure. Tu as raison, un secret ne doit pas être divulgué. Mais tu peux me dire à quoi tu as joué avec papa ? Ce n'est pas un secret ça ?

— On a joué à Angry Birds et tu sais quoi ? J'ai encore gagné. Simonéa se tourna vers Luc :

— Encore étonné de la fatigue du petit ?

— C'est bon, on va arrêter là tout de suite. Les reproches, ça va un temps. Je m'occupe au mieux de cet enfant, mais ça ne va jamais. Je joue avec lui, oui. Désolé. Il y a des papas qui vont au bistro, moi je passe du temps avec mon fils, pardon. J'ai retrouvé ton foutu pantalon rouge. Il est dans le sac. Je ne voulais pas te le rendre sale, donc je l'ai lavé. Avant que tu me fasses des remarques désobligeantes, je prends les devants : oui, il a un peu rétréci !

— Tu l'as lavé à combien ?

— Sur l'étiquette, il y avait marqué 90 !

— Tu te moques de moi ?

— Sans mes lunettes, j'ai vu 90. Avec, et donc après la lessive, j'ai lu 30. Désolé.

— C'est pas la journée, je crois… Bon merci d'avoir ramené Éthan. Je t'appellerai pour te dire mon planning, je ne l'ai pas en tête.

Simonéa poussa Luc vers la sortie puis elle ferma à double tour, pour empêcher d'autres mauvaises nouvelles de franchir le pas de porte. Éthan, qui avait filé dans sa chambre, ressurgit d'un coup :

— Tu trouves que je suis fort à Angry Birds, maman ?

— Oui mon chéri. Tu serais encore plus fort si tu empêchais papa d'y jouer.

— Ça veut dire quoi ?

— Rien mon cœur. Est-ce que tu veux qu'on aille manger une saucisse chez Jocelyne ?

Éthan hésita, grogna, expliqua qu'il voulait jouer, qu'il voulait des saucisses mais sans sortir de la maison… Mais Simonéa coupa court et se saisit de ses petits poignets qu'elle glissa rapidement dans les manches de son blouson.

— Je ne sais pas pourquoi je te demande ton avis… On est partis, zou !

Toutes les tables étaient occupées. Joce fit un signe de la tête à son amie, lui désignant les tabourets du comptoir. Le temps de servir deux salades, elle revint vers Simonéa, l'embrassa, ainsi que le petit Éthan.

— Mettez-vous au comptoir, je vais vous bichonner.

— Je les trouve un peu bas, tes tabourets, c'est

drôle.

— Les mêmes depuis quinze ans… Ça va toi ?

— Je devrais aller bien, mais je n'arrive même pas à le dire. Tu as raison, je dois confondre pour les tabourets…

— Tu vas me raconter. Saucisses frites pour le pitchou ?

— Mets en deux, va.

— Toi, des frites ? Oh oui, ça va mal. Je m'occupe de vous…

Joce lança les saucisses en cuisine, servit la table numéro cinq, débarrassa la quatre, et apporta deux cafés en terrasse. Puis elle se consacra à Simonéa dès qu'elle le pût, demandant à son aide, de la remplacer une dizaine de minutes.

— Voilà vos saucisses, les amours ! Bon et toi, ma toute belle, raconte un peu. Amoureuse de ton psy ?

— Bravo la discrétion, rappela Simonéa.

— Il n'entend rien, il a la tête dans les frites…

— Bon, reprit l'hôtesse, en chuchotant, oui je vais revoir Hayim, le psy. Il m'a rappelée. Sa voix me rend dingue. Il n'est pas particulièrement beau ce type, mais il a un truc. Dès qu'il te parle, tu as l'impression qu'on te masse le dos, tu vois ?

— Je vois bien, oui. Plutôt bas dans le dos ?

— Arrête ! Sinon j'ai vu le type du site.

— Ah oui ! Comment c'est déjà ? Raphounet !

Alors c'est une bombe en vrai, ou alors il avait mis la photo d'un pote mannequin ?

— C'était lui. Mais je m'en veux. Je ne sais pas si j'ai fait une connerie ou pas.

— Explique !

— C'est sûr, le mec est une gravure de mode. Une photo de magazine. Mais ça ne se bouscule pas là-haut, dit Simonéa en pointant son crâne. Il n'y a pas grand monde, ce n'est pas la crise du logement, quoi.

— Ah oui, ça ne va pas le faire ! Toi, il te faut du répondant.

— Non, mais le problème, c'est que je l'ai d'abord trouvé canon, puis crétin, et pour finir, hyper touchant. Parce qu'au fond, le bonhomme a l'air sincère et gentil. Je suis partie comme une princesse vexée. N'importe quoi. Je m'en veux.

— Mais quoi, tu es amoureuse ?

— Non, je n'en sais rien, je ne sais pas. Je suis perdue. Je n'aime pas faire de la peine.

Joce invita Simonéa à manger un peu, pendant que les saucisses étaient chaudes. Elle l'incita surtout à prendre un peu de temps et de hauteur.

— De ce que tu me racontes, il me semble que ton cœur bat pour ton psy. Il y a des signes qui ne trompent pas…

— Ah bon ?

— Quand tu as rencontré Luc, tu étais vraiment

amoureuse, tu sais.

— Oui… soupira Simonéa.

— Tu n'arrivais pas à en parler. Tu cherchais les mots, c'était flou dans ta tête. Il n'y avait que des sensations et tu ne savais pas les exprimer. Le peu de fois où tu m'as parlé de ton passager, ça a été la même chose. Il se passe un truc, mais tu ne sais pas le définir. Chez toi, c'est signe que l'amour se met en branle.

— Tu me connais bien, c'est dingue, s'exclama Simonéa, puis elle fit le tour du comptoir et vint serrer son amie sur son cœur. J'ai envie de pleurer Joce, je suis à bout.

— Tu n'es pas à bout, tu es au bout. Je le sais, je le sens. Fais-moi confiance, tu es sur le point de vivre.

— Vivre quoi ?

— Vivre !

15

Lorsque Krishnamarla rentra chez lui, après une longue journée d'écoute, il fut accueilli par une chatte affamée et râleuse. Molly frotta son front sur les tibias du docteur, déposa quantité de poils blancs et tenaces, elle reçut en retour, une longue caresse appuyée et quelque tape sur le flanc.

— Qui t'a manqué le plus ? questionna Hayim, Sheba ou moi ?

La petite chatte à la truffe rose et aux immenses yeux verts courut droit vers le réfrigérateur et se mit à ronronner. Hayim, déchaussé et mains lavées, la rejoignit. Il la gratifia d'une nouvelle tapette sur le dos et lui servit à manger. Molly huma son bol avec dédain, comme seuls les chats savent le faire et adressa un regard de reproches au médecin.

— Molly, tu as un rapport à la nourriture, qui me désole et qui m'inquiète. Tu devrais voir un psycat !

Moi, je ne peux rien pour toi et surtout je ne veux pas rentrer dans ton chantage au sachet de moue. J'en ai connu de plus retorses que toi, vois-tu.

L'animal tourna le dos à Hayim, traversa la cuisine, de sa démarche chaloupée et hautaine, sauta avec élégance sur l'un des deux fauteuils club du salon et s'allongea, boudeuse. Sourire aux lèvres, le docteur se servit un verre d'eau gazeuse et un autre de vin, un Chinon blanc, déniché dans une foire d'automne. A son tour, il s'installa dans le salon, face à une Molly indifférente et qui feignait de s'endormir. Hayim étira cette jambe, qui le faisait parfois souffrir, appuya sa canne au bras du fauteuil et se relaxa enfin. La journée durant, il avait eu en tête, le doux visage de Simonéa, ses yeux, noirs comme l'eau d'un puits, où il s'imaginait plonger sans peur, et ses lèvres, d'un rouge framboisé, qu'il rêvait désormais de goûter. Dieu, qu'il la trouvait touchante, à courir sans cesse après elle-même. Il l'avait si peu vue, et pourtant, sa fragilité lui était apparue dès le premier instant. Tout comme le randonneur reconnaît dans la mare, l'eau qui jadis fut un torrent, Hayim, à la première minute avait vu en Simonéa, l'eau vive et joyeuse, qu'elle avait dû être, celle qui emporte le monde entier dans ses tourbillons de lumière. Mais quelque barrage, un jour, avait dû stopper sa course ; ainsi coupée de sa source, elle stagnait aujourd'hui, perdait son oxygène… Par son métier, vingt ans d'expérience, Hayim devinait qu'il faudrait du temps à la jeune femme, pour enlever un à un les cailloux de la digue, libérer le flot de vie et retrouver le désir d'aller de l'avant. Certes il avait refusé de la prendre parmi ses patients, mais s'il devait un jour, être son compagnon, il pourrait l'aider autrement. Il trouverait. Pour l'heure, il n'était nullement question de mots, encore moins de thérapie, car tout, de Simonéa, parlait à son cœur. Hayim se trouva bien idiot, lui si posé, si sage, dans une vie si rangée. Il tombait amoureux d'une femme, qu'il ne connaissait finalement pas. Avait-elle quelqu'un dans sa vie ? Oui sûrement. En réalité, elle avait souhaité le revoir en amis, rien de plus. Demain soir, elle l'éconduirait probablement.

Le docteur prit une gorgée de Chinon. Et alors ? pensa-t-il, est-ce une raison pour brider mes sentiments naissants ? Je ne lui demande pas de m'aimer, c'est déjà doux d'avoir le cœur en émoi pour une femme. Elle, ma foi, elle vivra la chose, comme elle l'entend. A mesure qu'il étayait son discours, le docteur savait combien il se mentait. Il avait envie, qu'elle le regarde, le détaille, que ses yeux se posent sur ses mains, qu'il avait fines et soignées. Il avait envie, qu'elle le complimente sur sa façon de s'habiller, sur son sourire, pourquoi pas. Qu'elle le voit, tout simplement, qu'il existe à ses yeux autrement qu'en ami. La petite voix intérieure, pleine de dualité, finit par se taire et Hayim resta dans le silence de la pièce. Il parcourut les murs, du regard. Imagina Simonéa évoluer dans son appartement. Il la vit s'installer dans le sofa, sous un plaid, un livre à la main. Que lisait-elle ? Pancol ? Musso ? De ces pages légères où les mots s'éparpillent comme une volée de moineaux quand on tourne les feuilles ? Ou bien des livres où la poésie, s'ancre dans le papier sous le poids de l'amour vrai, de la souffrance, de la vie ? Avait-elle lu Nelly Sachs ? Appelfeld ? Christiane Singer et ses hymnes à la vie ? Il les lui ferait découvrir. L'amour soudain ! Oh oui, l'amour soudain, cette merveille de Aharon Appelfeld. Hayim détailla son salon. Ses yeux se posèrent sur le coffre indien, en manguier sculpté. Le meuble avait appartenu à sa mère, il trônait aujourd'hui au centre de l'appartement, nourrissant les souvenirs d'enfance du psychiatre. Sur le couvercle, des cadres, ses parents, son père, tout jeune médecin juif de la communauté de Cochin au bras de sa mère, Adaya, magnifique jeune fille de dix-neuf ans. Une femme lumineuse, dévouée à son mari sans jamais être dans son ombre. Les photos des frères de Hayim, de sa sœur aussi, laissant sa mère brosser ses cheveux de jais, assise dans la cuisine, sur une chaise de paille. Des souvenirs qui n'en portaient que le nom tant ils appartenaient au présent. "N'oublie pas les chevaux écumants du passé", écrivait Singer, reprenant un proverbe japonais. Non, Hayim, ne les avait jamais occultés, ces hommes et ces femmes du passé qui avaient bâti son monde dans la sueur et l'amour. Simonéa serait-elle sensible à l'univers du médecin, à ses souvenirs au parfum d'épices, à la lenteur du temps qui s'écoule, lourd comme un ciel de mousson ?

16

Hayim s'était finalement vu confier la lourde responsabilité d'organiser la soirée avec Simonéa. La veille du rendez-vous, il en était encore à hésiter entre un troquet branché de la Bastille et une bonne table du XVe. Il avait fini par se décider pour une tout autre piste, un restaurant de quartier, au concept original, qu'il affectionnait particulièrement. À quoi bon, avait-il conclu, chercher à séduire pour décevoir plus tard, il valait mieux dévoiler ce que l'on était. Simonéa aimerait ou pas, mais au moins, il n'y aurait aucune tricherie. Rendez-vous fut donné à la sortie du métro Pelleport, vers vingt heures. Hayim fut à l'heure, Simonéa un peu moins. Elle grimpa les marches et apparut soudain sur la place Paul Signac, les joues roses d'avoir couru, le chignon en bataille.

— Oh la la, excusez-moi, je suis à la bou… en retard, toute décoiffée, je ne suis pas présentable.

— Vous êtes ravissante, ne changez rien.

— Vous êtes gentil, merci. Où m'emmenez-vous alors ? J'adore les surprises.

— A la maison !

— Pour une surprise, c'en est une. Vous êtes direct, je dois dire.

— C'est le nom d'un restaurant. Une de mes amies en est la patronne. Elle a pensé le concept et s'est lancée, il y a environ deux ans. Elle fait un carton. J'espère que vous aimerez…

— Vous me rassurez, ça ne vous ressemblait pas de m'embarquer directement chez vous, comme ça. Remarquez, je n'aurais pas été contre, hein… Enfin, non, ce n'est pas ce que je veux dire… J'aurais dit oui, mais…

— J'ai compris, sourit le docteur, ne vous en faites pas.

Ils marchèrent une dizaine de minutes en direction de la rue Jules Dumien et Simonéa remarqua la boiterie de Hayim.

— Je m'étonne de vous voir traîner la jambe, votre chute à Londres a fait plus de dégâts que vous ne l'avez laissé entendre, lorsque nous parlions dans l'avion.

— En fait, je ne boite pas à cause de cette chute. La chute a eu lieu dans l'escalier parce que justement je boite. De longue date !

— C'est ennuyeux, et il n'y a rien à faire ?

— C'est plus compliqué. Je vous raconterai ça à

table, nous sommes arrivés.

Fanny, la patronne, une jeune femme pétillante, débordante d'énergie, accueillit son ami dès le pas-de-porte.

— Je suis heureuse de te voir, cria-t-elle, depuis combien de temps n'es-tu pas venu ? Six mois ?

— Facile, oui. Je te présente Simonéa ! Nous nous sommes rencontrés sur mon vol, en retour de Londres.

— Enchantée, lança Fanny. Entrez, entrez. Je vous laisse vous installer où vous le souhaitez. Il n'y a qu'un couple.

— Ça remplit en ce moment ? demanda Hayim.

— Je ne me plains pas. Il y a eu l'effet de mode, puis un creux, et ça repart bien.

A la maison, était un restaurant atypique où l'on se sentait évidemment chez soi. Fanny avait poussé le concept le plus loin possible. Les habitués avaient coutume de dire qu'ils mangeaient dans un grand appartement bordélique et ce n'était pas si faux. On s'installait ici à un bureau, là sur un lit, plus loin autour d'une table basse… Partout l'on trouvait des placards et des commodes où chacun se servait en assiettes et couverts. Les livres qui couraient sur les murs et jonchaient le sol, étaient à disposition de tous. On pouvait repartir avec un bouquin et le rapporter ou l'échanger contre un autre. Des louches, des passoires, des casseroles, pendaient au plafond. On se sentait si bien chez Fanny, que les clients les plus fréquents ramenaient leurs propres plantes vertes, leurs posters, leurs tableaux, leurs lampes. Un coin console avait même été installé et la jeune clientèle pouvait manger, à même le sol et manette en main.

— Simonéa, je vous propose, le coin cuisine, qu'en dites-vous ?

— Si vous ne me collez pas aux fourneaux, je suis OK !

— Jamais avant le mariage, plaisanta le psy.

— C'est rassurant... En tout cas, j'adore ce restau, c'est un endroit dingue.

Ils s'assirent de chaque côté d'une table de bois peint.

— Les couverts sont dans le tiroir central, cria Fanny, de l'autre bout de la pièce. Et les assiettes derrière vous, dans le placard.

— Voilà, dit le médecin, vous êtes chez vous, ou chez moi, au choix.

— Vu le bazar, je dirais chez moi.

— Je ne suis pas toujours rangé, sourit Hayim.

— Donc vous l'êtes ?

— Mon métier m'oblige à un minimum d'ordre.

— Moi, j'ai deux gros défauts, vous savez ! Je suis curieuse et maladroite.

— Je vous vois venir, je crois...

— Vous m'en parlez ?

— Ma jambe, n'est-ce-pas ?

— Oui. En même temps, c'est vous qui m'avez dit, je vous en parle à table. Et comme nous sommes installés…

— Pourquoi vous intrigue-t-elle autant ?

— C'est vous qui m'intriguez, pour être franche.

Hayim embraya sur le récit de son enfance, pour ne pas se laisser déstabiliser par ce semblant de déclaration.

— Je suis né, comme mon père, avec une jambe plus courte que l'autre. La gauche pour être précis. Enfant, je l'ai toujours vu boiter. Mais pour ma part, je n'ai pas toujours clopiné de la sorte. Nous habitions, en Inde, à Cochin. Une ville de belle taille, sur la côte de Malabar.

— Ça me rappelle un crash célèbre, celui du Malabar Princess… Je suis hôtesse, on ne se refait pas. Mais je vous ai coupé, pardon. Donc, Cochin, votre père…

— Oui, j'ai marché avec un peu de retard. Quand j'ai eu l'âge d'avoir des chaussures, mon père, qui était docteur, a fait confectionner une talonnette. Ainsi, mon squelette ne s'est pas déformé.

— Mais alors ? s'étonna Simonéa, pourquoi boitez-vous maintenant ? On ne fabrique pas de talonnette en France ?

— Je me suis posé ces mêmes questions vers vingt ans. Comme je vous l'ai dit, j'ai toujours vu mon père boiter, et j'ai fini par l'interroger. Pourquoi n'avait-il pas acheté de rehausseur pour lui ? Vous ai-je dit que nous étions juifs ? Mon père, nous lisait chaque soir un passage de la Torah.

— Le mien avait plutôt une tendance communiste, anti curés. Du coup je ne suis pas très calée en bondieuseries. J'espère que vous ne me jugerez pas trop sévèrement.

— Ce n'est pas l'idée, non. Vers vingt ans, donc, j'ai demandé à mon père pourquoi je marchais avec une talonnette et pas lui. « Te souviens-tu du passage où Jacob traverse le gué du Yabboq ? » m'a-t-il demandé. « Il rencontre un ange qui lui refuse le passage. Ils s'affrontent toute la nuit, et voyant que Jacob va gagner le combat, l'ange lui déboite la hanche. Alors seulement, il le laisse passer. Mais Jacob réclame la bénédiction de l'ange. Elle lui sera donnée, et un autre nom lui sera également attribué. Jacob passe le gué et se nomme ensuite Israël. »

— J'admets qu'il s'agit d'une belle histoire. Mais je ne vois pas ce que vient faire la talonnette là-dedans… Sauf si Jacob se fabrique un talon en bois ou un truc du genre.

— Mon père n'a pas voulu m'en dire plus. Il m'a laissé chercher, plusieurs années même. Dix ans plus tard, il a été emporté par un virus fulgurant. Nous nous sommes peu parlé, il était fatigué, mais du fond de son lit, en sueur, il m'a dit : « deviens qui tu es ».

— Il n'aimait pas un peu les énigmes votre papa ?

— Il aimait Dieu, sa famille et son métier.

— Et aussi le mystère des talonnettes !

— C'est un vieux rabbin, qui a percé l'énigme pour moi. Vous ne le savez pas, mais la vie de Jacob était faite de mensonges, avant ce passage. Le jour où il traverse le gué pour revenir vers son frère à qui il a menti par le passé, il change de vie. C'est un cap, en fait. La blessure est le symbole du combat que nous menons pour être nous-mêmes, et pas ce que les autres attendent de nous. On se ment une bonne partie de notre vie et un jour on passe le gué, et on devient ce qu'on est au fond de nous. J'ai compris que mon père avait voulu sentir chaque jour ce symbole, pour ne pas l'oublier, jamais. De ce jour, j'ai considéré que c'était une chance d'être boiteux. J'ai enlevé ma talonnette, j'ai souffert à mesure que mon ossature lentement s'affaissait, mais chaque matin, je savais que j'allais œuvrer pour devenir qui j'étais vraiment. Je ne me suis jamais plus menti. Je suis devenu psychiatre ainsi. Parce qu'au fond de moi, je voulais aider les hommes à traverser leur propre Yabboq.

— Je me sens toute petite, là... C'est juste magnifique votre histoire. Moi, je suis devenue hôtesse de l'air parce qu'il y avait de la lumière et que j'ai poussé la porte. En vrai, je voulais être peintre. Mais peintre, plutôt artiste plasticienne, faire des collages improbables et trouver des matériaux et tout et tout... Mais bon, c'est la vie, quoi... Je n'ai pas trouvé le gué, vous voyez. Des gays, oui, dans les équipages. Mais pas de gué qui change votre existence. Et puis, vous savez avec un petit garçon, on ne fait plus vraiment ce qu'on veut.

— Jacob en eut douze, et je ne compte pas les

filles !

— Et bien je plains la mère !

— Elles sont plusieurs en fait. Bref… Je vous demande pardon, c'est un peu étrange, pour une première rencontre de raconter toute cette histoire de boiterie.

— C'est moi qui vous l'ai demandé. Et je suis heureuse de connaître ce passage de votre vie. C'est juste que la mienne, de vie, elle est tellement banale. Nous devrions regarder la carte et commander…

17

La soirée se poursuivit, moins sérieusement qu'elle n'avait commencé. Hayim demanda à Simonéa de lui raconter ses années de long-courriers, les visites les plus marquantes et bien sûr les anecdotes les plus cocasses. La jeune femme ne fut pas à cours de récits et le vin aidant, sa langue se délia de plus en plus. Hayim apprit ainsi comment elle s'était perdue sur le site de Petra et comment un Bédouin l'avait ramenée à son hôtel, à dos de dromadaire. Il rit ensuite de bon cœur en écoutant l'histoire du taxi djiboutien, qui voulait faire rembourser sa portière hors d'usage.

— En fait, expliqua Simonéa, j'ai d'abord hésité à monter dans le taxi, parce que le type n'avait pas de siège. Il était assis sur une caisse de bois, fixée au plancher de la voiture. Mais Papa a insisté. Oui, parce qu'il s'appelait Papa, en plus. Je n'ai pas pu refuser et quand j'ai ouvert la portière, elle m'est restée dans la main. Vous avez vu mes bras ? Ce n'est pas avec mes biceps de koala que je vais dégonder une porte quand même ! Là-dessus, Papa sort en furie. Il faut savoir que les gars, et particulièrement les chauffeurs de taxi, qui s'ennuient, mastiquent du khat toute la journée, là-bas. Vous savez ces feuilles d'arbustes... La drogue locale, quoi. Enfin, je ne vous apprends rien, vous êtes médecin. Donc Papa s'éjecte de son taxi vert et blanc, hors d'âge, lève les bras au ciel, désespéré, je dois payer la réparation et tutti quanti. Droite dans mes baskets, je refuse et en moins de deux minutes. Non, en fait, on peut compter en secondes. En moins de dix secondes, je suis entourée de dix, vingt, trente badauds, que Papa prend à partie. « Hey ! Les gars, vous n'avez pas de boulot ? » que je leur fais. Non évidemment, ils n'ont pas de travail, on est à Djibouti ! Dans les moments de stress, on dit n'importe quoi. Enfin, moi surtout. Là-dessus, un gamin se faufile et me pique mon sac à dos. Je hurle, Papa aussi, mais pas pour les mêmes raisons. Un homme fait un croche-pied au môme, le ramasse, le tient fermement et lui donne des gifles. J'interviens, on ne va pas le tuer pour trois sous que j'ai retirés à la réception de l'hôtel. Le reste de l'équipage m'attend au port, on doit partir en mer, la police débarque sirène hurlante, papa les prend d'assaut et devinez quoi ?

— Dites !

— Je me fais embarquer ! Pour mon bien, pour ma sécurité, m'explique le flic qui ressemble à un hamster avec sa boule de khat dans la joue. En somme, il m'a sauvé la vie. Il m'explique que les Djiboutiens peuvent devenir violents à cause du khat. Il en a plein le bec et il me sourit de ses six ou sept dents brunes. Tout ça, ça se passe dans la voiture de police, à peine plus récente que celle de Papa. Le collègue, qui conduit m'expose les problèmes de la police. Pas de salaires, pas de moyen... Ce serait bien de les aider un peu. D'autant que si je ne leur donne pas un peu d'argent, ils vont être obligés de prendre ma déposition au poste. C'est pas du chantage les gars, hein ? Non Madame, on a des familles à nourrir, faut comprendre. Je comprends ! Je paye ! Ils sont chouettes, ils me déposent au port. L'équipage est furax : Tu fais chier, t'es toujours en retard !

— Vous êtes toujours en retard ?

— Non ! Mais, je suis rarement à l'heure.

D'autres histoires suivirent puis Simonéa fit parler Hayim à son tour et l'heure de partir approcha. Le docteur se saisit de sa canne, se rendit à la caisse, régla la note. Simonéa posa un regard tendre sur l'homme, baigné de compassion plus que d'amour. Elle le trouvait, certes charmant, captivant et en effet rassurant, comme elle l'avait perçu. Mais quelque chose en lui, la freinait, sans qu'elle ne sût pourquoi vraiment. Hayim, lui, avait passé une soirée magnifique, pleine de légèreté, à l'image de Simonéa. Il aimait l'étrange dualité qu'elle abritait, à la fois lassée de ne pas trouver sa solution, dans une existence au point mort et pourtant pleine de vie, dans un renoncement heureux. Il y avait en Simonéa, comme une fatalité joyeuse et Hayim savait bien, qu'elle n'était pas loin de prendre son destin en main. Elle était en panne de carburant, rien de plus. Et l'amour, il le savait, n'est rien d'autre que l'essence de la vie.

Sur le trottoir, après avoir pris congé de son amie Fanny, Hayim proposa de raccompagner Simonéa chez elle :

— Je n'ai pas de voiture, mais nous pouvons prendre un taxi, qui vous déposera en premier.

— Non, je vous remercie Hayim.

— Vous êtes un peu anxieuse, je le comprends. Mais, faites-moi confiance, même si je ne suis pas un mécano dans l'âme, je sais vérifier l'état des portières et nous choisirons une voiture avec des sièges. Pas de caisses en bois, c'est promis !

— Vous êtes bête ! sourit Simonéa. Je vais rentrer seule, c'est plus sage.

— Je n'insiste pas, dans ce cas. Laissez-moi en appeler un pour vous.

— Ce n'est pas la peine, je vais prendre le métro.

Elle serra le docteur entre ses bras, le gratifia d'un baiser qui sentait fort l'amitié, l'affection, ce qu'on voudra, mais pas l'amour et la gorge de Hayim se serra. Elle lui prit la main, fit deux pas. Ils restèrent de très longues secondes, mains tenues, bras tendus. Puis elle lâcha ses doigts pour s'enfuir et disparaître dans l'avenue Gambetta.

— Déçu ? chuchota Fanny, qui venait de rejoindre Hayim sur le trottoir.

— J'avoue.

— Tu veux mon avis ?

— Je t'écoute.

Fanny se colla au dos de son ami, empoigna ses épaules et approcha sa bouche de son oreille :

— Elle va revenir.

— Qu'en sais-tu ?

— Tout psy que tu es, il est des choses que tu ne vois pas… Je suis une femme. Crois-moi !

18

Installée dans une rame, la tempe appuyée à la vitre, Simonéa laissait son esprit vagabonder au gré des stations. Elle ralluma machinalement son mobile, entra le code PIN. Une alerte, un message vocal, un sms aussi :

« salut c'est Joce. T'es où ? Tu fais kôôaaa ? Tu me rappelles ? » Simonéa esquissa un sourire, puis interrogea sa boîte. Un seul « nouveau message » !

— Bonjour Simonéa, c'est Jean-Jacques ! Marcello, si tu préfères. J'espère que tu ne m'en voudras pas d'avoir demandé ton numéro au service gestion. Ils ne voulaient pas me le donner, remarque. J'ai dû insister. Voilà, je voulais te dire, que tu m'avais vraiment marqué l'autre soir…

— Sucé, tu veux dire, non ? pensa Simonéa.

Et, je me disais que ce serait super de se revoir, mais ailleurs qu'aux bonbons roses. Ça me ferait plaisir de t'emmener dans un bel endroit, un Relais et Château ou autre. J'ai quelques idées. Voilà, mon petit Pikachu. Je t'embrasse, si tu veux bien…

— C'est ça, appelle-moi encore Pikachu et je te crève les yeux !

Fin de vos messages ! Pour écouter vos anciens…

Simonéa raccrocha puis elle tapota quelques mots à destination de son amie Jocelyne : « encore au boulot ? Je peux passer ? » La réponse ne se fit pas attendre. Joce terminait de ranger, elle pouvait patienter et elles iraient boire un verre toutes les deux. Simonéa descendit à Bastille, et marcha d'un pas rapide vers l'arsenal où se trouvait le bar de sa grande copine. Joce rêvassait sur le trottoir, elle venait d'abaisser le store métallique de l'établissement.

— Tu as la tête des grands jours. Tu reviens d'où ?

— De chez moi.

— Tu n'es pas sortie ce soir ?

— C'est le concept d'un resto, je te raconterai. Sinon, j'ai fait une incursion dans la Bible, j'ai bullé sur la côte de Malabar…

— Super drôle ! T'es en forme…

— J'exagère. J'ai passé une très belle soirée avec mon psy, qui n'est pas mon psy comme tu sais.

— Toujours amoureuse ? demanda Joce, glissant son bras sous celui de son amie, pour l'inviter à plus de confidences. On va s'en jeter un, rue de la roquette. Raconte-moi…

— C'est vraiment un type super. Trop peut-être. Tu sens le bonhomme qui a réfléchi à la vie, qui a des trucs à dire, tu vois... Je me suis un peu sentie truffe, à côté.

— Oui, mais ça, c'est tout toi ! La fille a fait le tour du monde, elle bouquine tant qu'elle peut, elle a des avis sur tout et elle se sent truffe ! Excuse-moi, mais va falloir arrêter les complexes un jour. Bon, tu ne m'as pas répondu : amoureuse ?

— Je ne crois pas. Il y a un truc qui me dérange.

— Pff... Tu as peur, c'est tout.

Simonéa marqua un moment de silence. Les deux femmes passaient devant l'opéra, un homme, sur les marches, les siffla.

— Ras le bol des mecs, reprit Simonéa.

— Tu en es où avec Luc ? Tu comptes divorcer un jour ?

— À quoi bon ? Ça changerait quoi en fait ?

— Tu serais libre.

— Je le suis. Il ne m'emmerde pas.

— Mais non, tu as un boulet au pied.

— Je te confirme, Luc est un boulet !

Les filles s'enfoncèrent dans la rue de la roquette jusqu'à hauteur du café des anges. Le patron se tenait sur le seuil, torchon en main.

— Bonsoir, lança Joce, on peut boire un verre ?

— Fermé !

— Oh allez… Juste un verre, soyez cool.

— Fermé, je viens de vous dire.

— Laisse tomber, glissa Simonéa, un ange qui te refuse le passage, ça peut se terminer mal…

— OK, on va ailleurs !

— Je crois que je sais ce qui me freine, avoua Simonéa, posant sa tête sur l'épaule de sa confidente. Je crois que je suis une petite conne.

— C'est reparti ? Je sors le fouet ?

— J'ai du mal avec son handicap. Hayim est boiteux !

— Où est le problème ?

— Je viens de te le dire, je suis une petite conne, mais je n'y peux rien, je ne m'imagine pas me promener au bras d'un type qui a besoin d'une canne pour marcher. Inutile de me le dire, c'est nul, je sais, mais mince, j'ai quarante ans et avec son bâton de pèlerin, il prend vingt ans dans la vue.

— Vingt ?

— Dix-huit !

— M'ouais… Que dire ?

— Rien. Ne dis rien. Je suis dégoûtée, les mecs bien ne courent pas les rues…

— Oui, forcément… Avec une canne…

— Oh t'es horrible ! Je veux dire, que pour une

fois que je rencontre un type intéressant et chouette, c'est un infirme.

— Sans sa patte folle, tu serais sortie avec lui ?

– Oui, je pense.

— Très bien. Imagine : vous sortez ensemble, vous êtes amoureux fous, il a un accident, il boite à vie. Tu le laisses ?

— Bah non !

— Fin de la démonstration ! Le café Divan a l'air ouvert. On se le boit ce verre ?

— Café Divan… Dis-donc, tu as le chic ce soir pour trouver des bars à thème.

19

Plusieurs jours avaient passé, les vols s'étaient enchaînés, Francfort avait succédé à Rome-Fiumicino, Brest-Bretagne, Madrid, Moscou… Et Simonéa avait repris sa course contre le temps. Étonnamment, plus elle passait ses heures à galoper, plus grandissait le sentiment de s'embourber. Elle pensait parfois à Hayim, à son sourire posé et rassurant. Mais la foutue canne du médecin venait aussitôt danser devant elle, moqueuse, provocante. Pourquoi diable cet homme, si attirant, qui semblait tant lui convenir, se trouvait-il affligé d'une infirmité ? Joce avait eu beau lui répéter qu'il était ridicule de s'arrêter à ce détail, Simonéa ne voyait plus que lui. Elle se fustigeait mais ne pouvait se raisonner. Elle imaginait déjà le regard des passants, elle les entendait d'ici : que fait cette jolie femme au bras d'un boiteux ? La belle et le clochard ! Ce que tu peux être idiote ma pauvre fille, si tu es bien avec cet homme, qu'importent les réflexions des autres ? Tu t'en moques, non ? Oui ! Mais non, pensait

Simonéa, tout le monde s'accorde à dire que seule la fameuse "beauté intérieure" compte. Vaste rigolade, combien de femmes bien pensantes sortent avec des pattes folles, des aveugles, des manchots ? Simonéa, comme beaucoup, avait été nourrie au mirage du beau prince charmant, non du Quasimodo gentil et il lui semblait impossible de se défaire du rêve fondateur. Et Raphaël dans tout ça ? Que lui reprochait-elle au final ? Il avait été maladroit bien sûr, un peu centré sur lui-même, mais il n'avait rien du mauvais garçon. Surtout, il était beau mec, il avait une situation. Simonéa se sentirait valorisée à ses côtés. Elle le rappellerait sûrement. Au moins pour s'excuser et peut-être pour tenter l'aventure.

Les jours avaient passé, et si Luc prenait de moins en moins de place dans la vie de Simonéa, il devenait en revanche de plus en plus pesant. Ses jérémiades sur le métier d'auteur, les textes refusés, les droits d'auteurs versés en retard… Simonéa s'était lassée de soutenir le père de son fils, dont les pleurnicheries la mettaient en boule. Luc partait en guerre contre le monde entier. Les commerciaux influençaient trop les éditeurs, les enseignants préparaient mal ses interventions scolaires, les parents n'achetaient pas les bons livres, c'est-à-dire les siens ! Il avait enfilé un costume qui désormais lui collait à la peau et dont il ne pouvait se défaire, celui de l'écrivain maudit et incompris. Éthan lui-même, avait été relégué au second plan, tant et si bien que Luc avait fini par inventer des contes pour enfants, sans aider le sien à écrire sa propre histoire. Simonéa vivait mal cet état de fait et plutôt que de batailler avec lui, avait pris le parti de le laisser s'isoler. Elle l'aurait soutenu à vie, si l'amour avait été éternel, mais l'ego de l'auteur avait eu raison de leur relation. Le quotidien de Simonéa se résumait donc à relier des escales, et parmi elles, l'appartement de Luc, celui d'une nounou et le sien, où elle ne se posait que le temps de préparer le tour de service suivant. Dans cette vie au contour d'une immense rotation, le commandant de bord, Jean-Jacques Picard tentait d'occuper un rôle. Marcello laissait, en effet quantité de messages auxquels Simonéa refusait de répondre. Le pilote avait d'ores et déjà proposé un week-end à Prague, une soirée dans un palace parisien, une nuit en mer… Mais la finalité restait toujours la même : faire et refaire l'amour, travestis en héros de bande dessinée ou de jeu. « Simonéa, avait-il avoué sur messagerie, tu as éveillé chez moi un plaisir nouveau, la rencontre de l'univers virtuel et fantastique des Pokémons et de la réalité troublante de ton corps m'a fait l'effet d'une bombe. Rappelle-moi, je t'en supplie, rappelle-moi, j'ai besoin de te parler ». L'hôtesse avait fini par prendre un de ses appels, dans l'espoir de ramener Marcello à la raison :

— Dieu soit loué, tu décroches ! Oh Seigneur, j'entends enfin ta voix !

— J'ai bien compris que le mélange des univers te faisait triper, mais laisse donc le Bon Dieu en dehors des Pokémoneries !

— Tout ce que tu voudras, si tu me promets qu'on va se revoir.

— Écoute Jean-Jacques, ce qui s'est passé aux

Bonbons doit rester aux Bonbons. C'est du passé, c'est probablement une erreur et j'ai tourné la page, tu comprends ?

— Pas moi ! Tu ne te rends pas compte, jamais je n'ai joui à ce point. Mon sexe qui disparaissait sous ton petit masque jaune tremblotant c'était juste… Ooooh, je ne trouve pas les mots. Et ces gros yeux noirs qui me fixaient, ce rouge aux joues, c'était troublant, je t'assure. Je ne te parle même pas de ces grandes oreilles qui vacillaient à mesure que tu t'activais et…

— Oui, bon ça va maintenant ! Tu es un grand malade !

— Excuse-moi Simonéa, j'ai du mal à me contenir. Je t'en supplie, si tu ne veux plus me rencontrer, je peux l'entendre. Mais voyons-nous une dernière fois, juste une fois. Laisse-moi goûter à nouveau au plaisir de l'amour masqué.

— Jean-Jacques, tu es complètement perché. Achète-toi un Pikachu gonflable. Et dire que tu pilotes des A320…

— C'est oui ?

— Tu promets de me foutre la paix ? De m'oublier ? De me sortir de ton répertoire ?

— Craché !

— Bon, je n'ai pas encore dit oui. Laisse-moi quelques jours sans m'appeler. Je te donne ma réponse bientôt.

— Tu es merveilleuse. Je te laisse. Bisous doux Pikachu de mes rêves.

— Salut Captain de mes cauchemars.

20

Le lendemain de cette conversation, Simonéa attendait Luc, qui lui ramenait Éthan. Elle avait devant elle deux jours de repos, qui tombaient précisément un week-end. Elle comptait profiter de son garçon et projetait de l'emmener au zoo de Vincennes, qu'elle n'avait pas visité depuis sa réouverture. Evelyne Dheliat l'avait confortée dans ce programme en annonçant un soleil radieux sur la capitale. Les indicateurs de week-end réussi étaient au vert et Simonéa s'en réjouissait. La petite main de lutin frappa à la porte et elle courut ouvrir. Éthan sauta dans les bras de sa maman, mais n'y resta que quelques secondes, l'urgence de rejoindre les toilettes se faisait sentir.

— Salut ! dit Luc, tu vas bien ? Je te ramène Éthan.

— Oui, je vois bien !

— Tu roules ?

— Je ne vais pas trop mal et toi ?

— Je peux rentrer deux minutes ?

— J'ai pas mal de choses à boucler mais rentre. Tu veux un café ?

— Ah oui je veux bien, ma cafetière est en panne. C'est de la merde l'électroménager aujourd'hui. L'obsolescence programmée, ça me met en rogne. Cette cafetière était garantie deux ans et devine au bout de combien de temps elle me lâche ?

— Oui, oui, oui… J'ai deviné, deux ans. Toujours pas de sucre, c'est ça ?

— Deux ans et un jour ! J'ai vérifié la date d'achat. Non, pas de sucre. Mais je te jure, ça me…

— OK, sinon ?

— Sinon quoi ?

— Sinon quoi de neuf ?

— C'est chouette que tu me poses la question, je n'osais pas trop t'en parler. Parfois, j'ai un peu l'impression de t'énerver avec mes histoires.

— Tu exagères…

— Donc oui, j'ai du neuf. Je suis en verve en ce moment et j'ai pondu, un truc, je te promets, une histoire à tomber. Permets-moi de te dire, que les éditeurs vont se l'arracher.

— Ah bah c'est bien ça, tu vois, le monde n'est pas si mauvais. Tu étais peut-être dans une mauvaise passe.

-— Si tu es d'accord, je voudrais vous la lire à

Éthan et à toi. Ton avis m'intéresse et je voudrais voir la réaction d'Éthan. Il est dans la cible, tu vois.

— Je te l'ai dit, j'ai mille trucs à faire aujourd'hui.

— OK, je vais faire court alors. On appelle Éthan !

— Pff… Éthan ! Viens, papa va nous raconter une histoire !

— J'ai pas fini, hurla le gamin du fond des toilettes.

— Dépêche- toi alors !

— C'est un conte qui porte sur l'ego, reprit Luc. C'est drôle, facile d'accès… Tu me connais. Et les enfants vont comprendre qu'il est inutile de toujours vouloir être le meilleur, tu piges ?

— Ah ouais, là, je pige.

— J'ai fini ! Faut qu'on m'essuie !

— Papa arrive, mon chéri.

— Merci ! lança Luc sur un ton de reproche.

— Ça lui fait plaisir que tu t'occupes de lui, sourit Simonéa.

Éthan et son papa réapparurent dans le salon après deux petites minutes.

— Moi, j'ai pas trop envie d'une histoire, ronchonna le garçon.

— C'est pour faire plaisir à papa, expliqua Simonéa. Et elle prit le gamin sur ses genoux, en s'installant sur le sofa. Nous t'écoutons, dit-elle.

— Très bien, très bien, ponctua Luc, merci à vous deux. Je vais vous lire l'incroyable histoire de Pippo l'escargot : Pippo est un petit escargot, ni trop malin, ni trop beau et très jaloux de Rickie la limace. Pippo raconte des tonnes de ragots sur son amie. Mais Rickie s'en moque, plic ploc, elle se balade sous la flotte.

— Flotte, ça fait bizarre, dans une histoire pour enfants, non ? demanda Simonéa.

— Ne me coupe pas, s'il te plaît, c'est pénible.

— Je m'ennuie, laissa échapper Éthan.

— C'est bientôt fini, répondit Simonéa.

— Ben non, justement, et si vous m'interrompez tout le temps ça va durer trois heures.

— OK, OK enchaîne, soupira Simonéa.

— Donc… Ah oui, plic ploc, elle se balade sous la flotte. Pippo veut se montrer le plus fort, le plus gros. Il pousse fort fort fort sur son bidon.

— Un bidon d'essence ? questionna Éthan.

— Mais non voyons, un bidon, bidon ! s'énerva Luc. Comme ton ventre, quoi !

— Eho ! Calme-toi, ce n'est qu'un enfant, il a le droit de rien comprendre à tes trucs quand même.

— Mes trucs ? Tu pourrais dire, histoire, conte, je ne sais pas, légende… c'est vraiment sympa trucs !

— Maman, je peux jouer dans ma chambre ?

— Oui, vas-y, fit Simonéa.

— Non ! Tu attends la fin. Je me dépêche. Alors… Pippo… Le bidon… Voilà. Pippo regardait son bidon tout rond. Il était fier, se trouvait le plus beau de la terre ! Rickie voulut se moquer de Pippo et dit : — Il est beau ton bidon, mais ce n'est pas le plus gros de la terre. J'en connais des plus ronds. Alors Pippo…

— Pippo, ça fait penser à pipi dans le pot, se mit à rire Éthan.

— Éthan, c'est pour toi que j'écris tout ça, alors tu écoutes s'il te plaît.

— Ne le dispute pas, au moins ça le fait rire.

— Je termine : Pippo se mit en colère tout rouge. Il poussa encore plus fort sur son bidon et…

— Pardon ! interrompit Éthan qui venait de s'épanouir un peu bruyamment. Je faisais comme Pippo, je poussais sur mon bidon pour voir…

Simonéa se pinça les lèvres et Luc resta concentré. Il reprit :

— Pippo poussa si fort, qu'il se retrouva hors de sa coquille. Mais il était devenu si gros, qu'il ne pouvait plus y rentrer. Te voilà bien avancé, se mit à rire Rickie, tu te voulais le plus gros des escargots, te voilà la plus grosse des limaces.

Le silence se fit dans le salon. Éthan suçait son pouce et fixait son père de ses petits yeux fatigués. Simonéa caressait les cheveux du bambin. Son esprit s'échappait. Elle oubliait l'escargot. Pippo prenait la tête de Raphaël et poussait sur son ventre, puis une canne venait danser devant ses yeux…

— Bon ben alors ? s'agaça Luc.

— Alors quoi ? atterrit la rêveuse.

— Ton avis ?

— C'est fini ?

— Évidemment que c'est fini.

— Je peux aller jouer, si c'est fini ? se leva d'un coup Éthan.

— Vas-y chéri ! Oui, oui c'est bien. C'est très bien, même. Tu l'envoies chez qui ?

— Le Rouergue. Cette histoire est pour eux. C'est une évidence. Les thèmes pointus, presque dangereux, ils adorent. Je vois bien une couv très moderne, un peu décalée, tu vois ? Un dessin hyper simple, au trait, mais un fond évocateur, tu vois ?

— Non. Mais je te fais confiance, écourta Simonéa en s'extrayant du canapé. Allez, je ne te mets pas dehors mais je te l'ai dit, je suis bookée toute la journée. Tiens-moi au courant, dès qu'ils te répondent.

— Of course ! On boira le champagne pour fêter la signature ! Tu embrasseras le petit pour moi, conclut Luc et il se faufila sur le palier. Simonéa referma la porte, s'y adossa, souffla bruyamment.

21

Un petit garçon peut-il sentir l'épuisement de sa maman ? Probablement, si l'on en juge par le comportement d'Éthan durant le week-end. Il se montra affectueux, attentionné et surtout obéissant, ce qui rendit la visite au zoo particulièrement agréable. Les absences répétées de l'hôtesse de l'air lui pesaient peut-être et si cette dernière apprécia les deux jours, elle s'accusa aussi de n'être pas plus présente le reste du temps. Les quarante-huit heures filèrent à la vitesse d'un TGV un jour sans grève et Simonéa, une fois encore, prépara sac cabine et valise, pour elle et pour le pauvre Éthan.

— Je vais chez papa ou chez nounou Cyndie ? demanda le môme, qui sans s'en douter ravivait le douloureux sentiment de culpabilité de sa mère.

— Chez Cyndie, répondit Simonéa en bouclant son propre bagage. Mais tu vois, aujourd'hui maman, est en avance et on va prendre le goûter tous ensemble.

— Ouais ! On va chez Cyndie euuu, on va chez Cyndie euuu, scanda l'enfant avec la ferveur d'un supporteur de foot.

— Allez go ! interrompit Simonéa, et elle captura son petit énergumène, le cala sous son bras, et empoigna ses bagages. Sans reposer Éthan, elle claqua puis verrouilla la porte, descendit les escaliers et trotta jusque chez Cyndie.

Il flottait dans l'appartement un délicieux fumet de fondant au chocolat, spécialité de la nounou.

— Ça sent bon, lança Éthan en dessinant des cercles sur son ventre.

— C'est pour toi, annonça Cyndie et un peu pour nous, si tu nous en laisses.

— Il n'y a pas d'autres enfants aujourd'hui ? questionna Simonéa en embrassant Cyndie.

— Charlotte a de la fièvre, sa maman la garde. Théo, je n'en sais rien. Sa mère n'est pas du genre à me donner des nouvelles. Je m'en fous, je facture quand même !

— Tu as raison. Tu nous fais goûter ta merveille ?

— Allons-y, tout est prêt, même le thé. Éthan, tu veux un jus de fruit ?

— Oui !

— Oui, qui ?

— Oui Pippo qui pète, s'amusa le sale gosse.

— Éthan !

— Oui, Cyndie, s'il te plaît.

— Merci, conclut Simonéa.

— Qui c'est ce Pippo qui fait des choses bizarres, demanda Cyndie.

— C'est une bête dans une coquille, qui devient grosse et fait des prouts et pi sa coquille explose et pi il peut plus rentrer dedans, et après ben c'est une limace expliqua Éthan.

— C'est une version revisitée, ajouta Simonéa. En fait, c'est le dernier texte de Luc, il a tenu à nous le lire vendredi soir : un escargot égocentrique !

— Une autobiographie, en somme ! Comment ça va avec lui ?

— Il m'épuise, il pèse le poids d'un âne mort. Il n'est pas le seul à me fatiguer d'ailleurs.

Éthan avala une dernière bouchée de gâteau, but une gorgée d'orangeade et disparut dans la salle de jeu.

— Tu te laves les mains, Éthan ! cria Cyndie. Puis elle reprit doucement : qui t'assomme à ce point ?

— Les hommes ! En réalité, c'est peut-être moi, qui ne sais pas bien faire, mais ils me saoulent. Impossible de trouver un mec sain, normal. Ils ont tous un pet de travers.

— Comme Pippo ?

— T'es bête ! En parlant, de mec lourd, le type des bonbons ne me lâche pas et en plus, il faut que je te raconte deux trois choses…

— Vas-y !

— D'abord, si je t'en parle, c'est uniquement parce que ce type ressurgit. En réalité, je suis très mal à l'aise avec ce qu'il s'est passé entre nous. Je ne regrette rien, ce n'est pas mon style, mais je suis un peu gênée. Passons ! Il se trouve que le Marcello en question, je l'ai retrouvé le lendemain sur mon vol. Mon commandant de bord, figure- toi !

— NON ?

— Si ! Il s'appelle Jean-Jacques, il s'est procuré mon numéro de téléphone, il est dingue des soirées spéciales, il veut me revoir, mais…

— Mais ?

— Avec mon masque ! Je pense que moi, il s'en fout, mais il imagine que j'ai inventé un concept, tu vois, et il est prêt à tout pour - Simonéa chuchota - se faire sucer par Pikachu. Je te la fais courte, je suis dans le pétrin.

— Mais refile-le aux copines ton Jean-Jacques. Il m'intéresse, moi. Attends, un commandant de bord, givré, qui doit gagner une blinde, ça se garde, ça se bichonne. Je lui offre les soirées qu'il veut s'il n'a pas des oursins dans ses poches d'uniforme, je porte le masque qu'il voudra. S'il veut se faire glouglouter le haricot par la Reine des Neiges ou Angry Bird, je m'adapte.

— Moins fort ! Et ne me parle pas d'Angry Bird, ça me rappelle Luc. Jean-Jacques veut me revoir une dernière fois. Enfin quand je dis « voir », tu comprends qu'il veut autre chose.

— Tant mieux ! On organise une soirée à l'hôtel et je prends le relais. Toi, tu gagnes peut-être bien ta vie, mais moi je galère. Et des types avec des galons dorés sur les manches, je n'en croise pas beaucoup dans le quartier. Celui-là, je vais le serrer entre mes cuisses et je ne le lâche plus !

— Trop classe !

— Encore un peu de thé ? proposa Cyndie, déjà debout et prête à faire bouillir de l'eau.

— Oui, s'il te plaît.

Les deux femmes passèrent une petite heure ensemble à évoquer leur vie respective. Cyndie, moins en proie au questionnement, traversait la sienne avec détachement. Depuis toujours, elle avait eu le sentiment de ne rien diriger mais ce constat, loin de l'affecter, allégeait son esprit. Elle se voyait coquille de noix, voguant au fil de l'eau, parfois dans le tourbillon des rapides et parfois dans la douceur des eaux calmes. Quoi que tu fasses, quoi que tu décides, se plaisait-elle à répéter, ce n'est pas toi qui présides et qui tranches. De fait, Cyndie se réjouissait le plus possible de ce que la vie mettait sur son chemin, fut-ce une embûche. Elle râlait parfois, après les impôts, les galères, le manque d'argent mais ce n'était que grognement de façade, qui jamais ne mettait en péril sa joie de vivre. Comme la plupart des gens de son entourage, elle aurait aimé bâtir à deux plutôt que seule. Elle se serait bien vue débordée par une ribambelle d'enfants, à elle, cette fois, mais puisque le Bon Dieu, le Grand Architecte ou le Big Boss du big bang en décidait autrement, elle s'accommodait de son sort. Après tout, ne rien convenir avait son confort et ses avantages. Simonéa n'adhérait pas à cette philosophie, bien qu'elle la trouvât merveilleuse. Elle voyait en la Femme, autre chose que la résignation. Le cœur d'une femme devait battre pour des idéaux. Une femme était faite pour donner vie. Ce que les hommes avaient réduit et traduit par enfanter. Donner vie, c'était insuffler le beau, l'énergie et la force aux projets, aux désirs, à tout ce qui pouvait se mettre en mouvement. Par malheur, Simonéa défendait ce qu'elle ne savait plus mettre à exécution. Les pieds figés dans le goudron tiède de la quarantaine, elle entendait en elle, parfois, les gémissements d'une artiste peintre agonisante, mais qui se refusait à mourir.

22

Simonéa terminait sa rotation, un Paris-Genève du soir, avion plein sur les deux tronçons. Sur des tours de service aussi courts, l'équipage était en général détendu et de bonne humeur. Dans la navette qui conduisait à la « Cité Air France », le chef de cabine, un type jovial, d'origine grecque, faisait rire les trois hôtesses, à grands coups de blagues grivoises. Les deux pilotes, eux, naviguaient de mail en mail, sur leur smartphone. Arrivé dans les locaux, le petit monde se sépara, à l'endroit nommé "coin bisous" et chacun regagna sa voiture. Simonéa fit un crochet dans les étages, à la division Moyen-Courriers. Elle n'avait pas vidé son casier depuis des lustres, il devait déborder de papiers syndicaux et de notes relatives à la sécurité des vols. Il fallait bien relever la boîte de temps à autre, pour mettre à jour les manuels avions. En arpentant les couloirs, elle eut envie d'appeler Raphaël. Elle n'avait pas envie de rentrer chez elle, de s'enfermer entre quatre murs et dans sa boîte crânienne. Elle allait l'appeler, s'excuser et elle lui proposerait de boire un ou deux verres. Au moins, elle passerait la soirée avec un beau mec, rendrait jalouses les filles alentours et ce serait bon pour son moral.

Raphaël décrocha au bout de quatre sonneries :

— Allô !

— Raphaël bonsoir, c'est Simonéa.

— Ah bonsoir Simonéa, comment vas-tu ?

La femme nota que Raphaël n'avait pas enregistré son nom dans le répertoire. Elle non plus, mais elle en prit ombrage tout de même.

— Je te dérange sûrement…

— Non, pas du tout, pour tout avouer je rentre juste du boulot.

— Moi aussi ! En fait, j'appelais pour m'excuser. Je me suis montrée odieuse la dernière fois.

— C'est rien, je l'ai cherché faut dire…

— Est-ce que tu accepterais un verre, disons… Pour me faire pardonner ?

— Et bien écoute, oui ! Avec plaisir ! Même adresse, dans une heure ?

— Je voudrais changer de quartier. Montorgueil ?

— Le Jet-lag, tu connais ? On peut y grignoter un morceau et puis c'est de circonstance.

— C'est tendance de trouver des bars en rapport avec ma vie ou bien ?

— Que dis-tu ?

— Non rien. OK pour le Jet-lag dans une heure environ. Merci Raphaël.

— Merci d'avoir appelé. A tout de suite !

Simonéa accéléra le pas, arriva à son secteur de vol, ouvrit son casier, récupéra les documents importants et redescendit en direction du coin bisous non loin du parking. Passant devant la salle dite de dépose bagages, elle vit une veste de copilote féminin, posée sur un bagage cabine. Lui revint à l'esprit qu'aux yeux de Raphaël, elle était pilote et non hôtesse. Le moment était-il arrivé de lui avouer le mensonge ? Quelle honte ! Ferait-elle face ? Non, probablement pas. La propriétaire de l'uniforme en question ne devait pas être loin, il fallait faire vite. Simonéa s'avança, jeta un œil aux caméras de surveillance. Voler un uniforme était une chose grave. C'est bon, pensa-t-elle, je l'emprunte juste le temps d'une soirée. Je n'ai pas le choix, non plus. Je vais la rapporter votre guenille galonnée. L'uniforme avait l'air grand. Tant pis, elle la porterait sur le bras, histoire de faire rêver le garçon. C'est vrai quoi, ça en jette encore ce métier. L'hôtesse prit un air naturel, après tout, elle était autorisée à pénétrer dans cette salle. Elle s'empara de la veste, la plia, avec une grande décontraction et la glissa dans son sac cabine.

— Excuse-moi, dit une voix derrière elle, je vais prendre mes affaires, je suis à la bourre.

— Je t'en prie…

— Merde ! Ma veste… J'le crois pas, je l'avais posée ici, sur mes bagages ! Tu ne l'as pas vue ?

— Non, non, je ne sais pas de quoi tu parles…

— On ne m'a tout de même pas volé mon uniforme ? Ça devient dingue, ici !

— Oh non, je ne pense pas. À tous les coups une « copi » a cru que c'était la sienne, elle va te la rapporter demain. Ou plutôt après demain, si jamais elle est en repos. Faut que je vérifie…

— Quoi ?

— Non, non rien, je me parle.

— N'empêche que moi, je pars à Göteborg, je ne peux pas débarquer en chemisier, je vais geler ! En plus, je suis obligée de déclarer le vol à la sûreté et peut-être même à la police de l'air et des frontières ! Ras-le-bol !

— Ah ouais quand même… Bon, je dois filer, là, j'ai un rendez-vous. Bon courage pour ton vol. Pique une couverture à bord pour le débarquement !

— Certainement pas ! Je ne supporte pas le vol.

— Moi non plus, pensa Simonéa, l'emprunt à la rigueur, mais le vol… NON !

Une heure plus tard, l'hôtesse poussait la porte du Jet-lag, la veste négligemment posée sur l'avant-bras, galons apparents.

— Hello Simonéa, cria Raphaël, je suis par là. Oh mais dis-moi, tu sors tout juste de ton avion. Tu as trouvé une place pour le garer ?

— Excuse-moi, je n'aime pas trop me montrer

en uniforme, mais je ne voulais pas te faire attendre. Laisse-moi juste le temps de rentrer ça dans mon sac. Voilà, je suis à toi. Qu'est-ce que je t'offre ? On se prend une bouteille ? Sancerre blanc bien frais ? C'est mon péché mignon.

— Magnifique ! Je dois t'avouer que je suis très excité de prendre un verre avec une femme pilote. C'est ridicule, mais ton métier m'impressionne. J'ai le sentiment de côtoyer un surhomme.

— Hum…

— Ouais, enfin, surfemme, en fait, mais je crois que ça ne se dit pas trop.

— C'est bien dommage !

Simonéa passa commande et on lui apporta aussitôt Les Monts Damnés 2015, dans un seau à glace. Raphaël, se révéla chien fou, enfiévré, posant mille questions techniques et obligeant l'hôtesse à livrer des anecdotes de pilotage.

— Il y a bien des moments où on a peur quand on pose la machine, non ? Raconte ! Raconte !

Simonéa rassembla toutes les histoires qu'elle avait pu entendre au cours de sa carrière. Elle ne comprenait pas tout à fait l'enthousiasme du garçon. La vue de l'uniforme, des barrettes dorées sur la veste bleu marine l'avait transformé. On pouvait donc s'attacher plus au métier qu'à la personne ? Elle en fut déçue, même si au fond, elle prenait plaisir à se trouver au centre de cette conversation.

— Je ne veux pas trop rentrer dans le jargon technique, tu risquerais de vite te lasser, mais en effet, il m'est arrivé de transpirer sérieusement à l'atterrissage. Je me souviens, on se posait à Nairobi. On desservait encore le Kenya, à cette époque. On arrivait de Kigali ou Bujumbura, j'ai un doute. Il était tard et il faisait bien nuit. Pas de problème, avec les instruments, on est guidé. Mais l'aéroport qui faisait face à un problème électrique était plongé dans le noir et la piste n'était balisée que d'un côté. Du coup, il m'était impossible de savoir avec certitude si la piste se trouvait à droite des lumières ou à gauche. Je ne sais plus qui dit : les emmerdes volent toujours en escadron, mais il a raison. Parce que nous, en plus de ce problème, on avait une alerte au poste.

— Quel genre d'alerte ? questionna aussitôt le jeune type, qui donnait l'impression de rajeunir à mesure que le récit se déroulait.

— Une alerte sonore et un voyant qui nous informaient que le train d'atterrissage n'était pas sorti ! Pourtant la manette était en position train dehors. Bref, on était paumés !

— Nom de Dieu, mais c'est dingue ton truc, vas-y raconte, qu'est-ce que tu as fait ?

— C'était mon tronçon. Je veux dire, que le commandant avait fait le premier vol, donc je tenais le manche pour le retour. On avait fait une bretelle.

— Une bretelle ?

— Oui, on dit comme ça, quand on découche à un endroit et qu'ensuite on fait un aller-retour à partir de cette escale. Donc au retour vers Nairobi, je suis aux manettes. Le commandant me donne des conseils, mais quand même, je flippe. Je résume : l'avion est à moitié plein, deux cents passagers quand même, je ne sais pas si le train est sorti et je ne situe pas vraiment la piste. Finalement, on fait un passage près de la tour de contrôle, les gars nous regardent aux jumelles… De nuit ! Ils nous confirment qu'ils voient les roues du train.

— Ouf, tant mieux.

— Sauf que rien ne nous dit qu'il est verrouillé. Il peut s'effacer au moment où on se pose !

— Truc de malade ! Vous vous êtes posés ?

— Non, on tourne encore !

— Argh ! Tu te moques. Je veux dire, comment vous êtes-vous posés ?

— On a demandé de la neige carbonique sur la piste, au cas où… Pour refroidir l'avion si la carlingue devait toucher le sol et s'échauffer. On a préparé la cabine comme si nous faisions un atterrissage forcé et on a prié de se poser du bon côté des lumières. Au final, le train était verrouillé et nous avons atterri au bon endroit. Le commandant a payé le champagne à l'arrivée !

— Tu es merveilleuse, conclut Raphaël. Tu as une vie fantastique. Mes contrats, mes créations, mes plans pub, tout ça, c'est du vent à côté de toi.

Il prit la main de Simonéa, qui accusait le troisième verre des Monts Damnés. Elle laissa le jeune homme caresser ses doigts fins et le bout de ses ongles "french manucurés". Elle ferma les yeux, savoura ce court moment de répit dans une vie à cent à l'heure et sentit bientôt les lèvres du jeune homme effleurer les siennes.

— Je ne suis pas certaine que ce soit une bonne chose, osa-t-elle.

— Chuuuut, murmura Raphaël. Laisse-toi aller. Inutile de se mentir : on se plaît !

23

Simonéa ne passa pas la nuit avec le jeune et fringuant publicitaire, malgré son insistance. Elle rentra sagement chez elle, un peu joyeuse et toujours dans les vapeurs du Sancerre. Le garçon, déçu, tenta jusqu'à la dernière minute, et même à distance, par des textos pesants, de l'attirer dans son lit, mais en vain. En d'autres temps, la jeune femme aurait peut-être accepté de s'amuser un peu. Aujourd'hui, elle y voyait moins d'intérêt et surtout les lendemains désenchantés l'effrayaient. La véritable intimité, celle que l'on voudrait à tout prix préserver ne tient pas dans l'acte sexuel mais dans le sommeil et les minutes qui suivent le réveil. Simonéa défendait l'idée selon laquelle on ne découvre pas l'autre parce qu'on a soudain accès à ses parties intimes. Tout se joue sur un autre terrain. Tous les vernis sautent au petit matin, pareils au maquillage et l'homme que l'on trouvait irrésistible la veille, se révèle vulgaire, quelconque, idiot parfois. L'eau de toilette musquée, poivrée, envoûtante a cédé la place au parfum acide d'une peau que l'on n'aime pas. L'acte sans amour, n'était décidément plus pour elle. Les bonbons roses avaient été un accident. La vraie Simonéa était une amoureuse. Se donner corps et âme avait un sens pour elle et par âme, elle entendait un jardin délicat, secret, fragile et beau. Offrir son âme à l'élu, c'était l'accueillir dans un verger jamais révélé, à aucun homme, dans un éden, foulé seulement par les sabots d'une biche gracile, dans les moments de solitude heureuse. Voilà les pensées qui traversaient l'esprit de Simonéa, alors qu'elle tirait sur ses épaules la couette cotonneuse au parfum de lessive. Elle cala ses genoux contre sa poitrine, se tourna sur le côté et, sourire au coin des lèvres, s'endormit.

Au matin, quand un rai de lumière perça les rideaux et vint chatouiller ses paupières, le sourire n'avait pas disparu. Simonéa se félicita d'être rentrée seule. Son petit ange, chez Cyndie, devait dormir encore. Elle l'imagina, suçotant son minuscule pouce, son index recroquevillé autour de son nez de fripon. La journée s'annonçait belle, puisqu'elle avait décidé de la voir ainsi. Sans raison aucune, la douche fut plus agréable que les autres jours et le café plus savoureux. Pour cette journée « off », comme inscrit sur son planning, Simonéa avait prévu de rendre visite à Joce, puis de récupérer Éthan pour le remettre ensuite à Luc. Le soir, elle rencontrait Marcello pour la dernière fois, dans l'unique but de refiler l'encombrant bébé à son amie nounou.

Joce ne travaillait pas non plus ce jour-là et les deux femmes se retrouvèrent vers Haussmann pour un lèche vitrine indécent. Il faut dire que la paye avait été versée et qu'il était bien temps de renouveler les garde- robes. Alors qu'elles arpentaient les grands boulevards, Joce prit des nouvelles du cœur de son amie.

— Il bat toujours, rassura Simonéa.

— Je m'en doute, mais la question est de savoir pour qui.

— Pas pour le petit Raphaël, je le sais maintenant, confia l'hôtesse.

— Ah ?

— Quelque chose me dérange chez lui, je ne le cerne pas tout à fait. Impossible de savoir ce qui coince. Dommage, parce qu'il embrasse bien.

— Et le reste ?

— Ce n'est pas allé plus loin. Il a profité de ma fatigue, de mon envie de décompresser et du vin aussi, pour me rouler une pelle, rien de plus.

— Et ensuite, tu as bloqué ?

— Oui ! Je lui prête peut-être de mauvaises intentions, parce qu'il vient d'un site de rencontres, c'est un tort. Il n'empêche, je n'arrive pas à le lire complètement.

— En deux soirées, c'est normal. Mais bon, tu as raison de te fier à ton instinct… Et mon petit psy, que devient-il ?

— Je n'en sais rien ! Je ne l'ai pas contacté depuis

notre soirée.

— Et lui ?

— Non plus, mais vu comment je l'ai éconduit, c'est un peu normal. J'ai joué les vierges effarouchée, le genre petite idiote qui ne veut même pas prendre un taxi. Le type est loin d'être stupide.

— Je ne cautionne pas, coupa Joce. Ce mec est fait pour toi, je le sais. Je le sens, ajouta-t-elle, posant la main sur son ventre.

— Non mais n'importe quoi…

— Rappelle-le !

— Mais pour dire quoi ? Excusez-moi, je ne sais pas ce que je veux, vous me troublez mais votre canne, c'est juste pas possible ?

— Vous me troublez ???

— Je n'ai jamais dit ça, protesta Simonéa.

— Si ! C'est ce que tu viens de dire, je ne suis pas sourde.

— Je sais encore ce que je dis !

— Comme tu veux, mais tu devrais le revoir, juste une fois, pour être certaine de ton choix. Et aussi pour lui rendre l'invitation avant de le sortir de ta vie.

Simonéa garda le silence, elle promena son regard sur les vitrines du Printemps, détailla les tissus fleuris des robes exposées. L'idée fera son chemin, pensa Joce, consciente de l'influence qu'elle avait sur son amie, depuis toutes ces années. Elle changea de conversation, poussa la porte du célèbre magasin.

— J'ai un peu faim, dit-elle. On se fait la terrasse du Printemps ?

— OK, sourit Simonéa. C'est le meilleur moyen que tu as trouvé pour me faire prendre de la hauteur ?

— J'ai envie de te voir heureuse dans les bras d'un homme gentil.

— Comme ton Maxime ? Tu me le vends ?

— Il ne te conviendrait pas.

— Tu ne me parles jamais de vous deux ?

— C'est vrai. On vit dans notre bulle et tu sais comme c'est fragile une bulle. Je protège tout ça.

— Ca me vexe à mort, mais je te comprends et je ne peux même pas t'en vouloir. Mon tour viendra… Le jour où je serai foutue de bouger…

24

La soirée « Pikachu 2 », comme l'avait baptisée Simonéa devait se dérouler à l'Ibis gare de Lyon. L'hôtesse avait obtenu un prix très correct grâce à son CE. Il était hors de question de dépenser de l'argent pour ce genre d'événement. Avec un peu de chance Jean-Jacques-Marcello ne serait pas rustre et rembourserait la chambre aux filles. Simonéa avait récupéré Éthan pour le confier à son papa, puisqu'elle volait le lendemain. Le petit garçon s'était montré adorable et heureux de retrouver son père.

— On pourra chasser les Pokémons avec ton téléphone ? avait-il demandé à Luc. Et Simonéa avait secoué la tête de droite et de gauche. Ne venez pas chasser vers la gare de Lyon, avait-elle pensé, vous allez faire mauvaise pioche ! Luc en revanche, n'avait pas été très réceptif aux effusions du bambin. Il n'avait parlé que de Pippo.

— Je n'ai toujours pas de réponse, tu imagines un

peu dans quel état de nerf je suis ?

— Mais enfin Luc, il faut du temps avant d'avoir une réponse. Tu es drôle quand même. Tu envoies un texte et tu cours aussitôt, voir si tu as une lettre dans ta boite, avait répondu sèchement Simonéa;

— N'importe quoi, ça n'a rien à voir. D'abord je l'ai envoyé à des éditeurs que je connais personnellement. Donc ça ne prend pas trois mois. Et on se téléphone ou on s'envoie des mails. Je ne cours pas à la boite, comme tu dis.

Simonéa n'avait pas insisté. Elle avait serré fort son lutin et lancé un au revoir glacial au papa avant de rejoindre son appartement. Là, elle avait préparé quelques affaires, mis dans un sac, le masque de Pikachu qu'elle comptait donner à Cyndie. Ne sachant si elle dormirait sur place ou pas, elle y glissa sa trousse de toilette. Elle nota qu'il ne lui restait plus de disque coton et ajouta le mot sur le tableau de la cuisine, en-dessous de produit vaisselle et huile d'olive. Ce qu'elle savait en revanche, c'est qu'elle ne se déguiserait ni en bestiole à grandes oreilles ni en salope virtuelle ou réelle. Elle se montrerait agréable, pour ne pas tuer la soirée dans l'œuf et laisser toutes ses chances à Cyndie de capturer l'oiseau.

À quelques stations de métro de là, Hayim poussait la porte de son appartement, aussitôt accueilli par une Molly affamée. Du moins le miaulait-elle. Hayim fit semblant de la croire, il la plaignit grandement et se dépêcha de réparer l'injustice : comment avait-on pu abandonner toute une journée, une chatte aussi gentille et surtout aussi magnifique. Molly miaula de plus belle. Elle acquiesçait ! Elle se jeta ensuite sur un émincé de cabillaud en gelée, sous le sourire amusé du docteur. Comme il n'avait pas complètement basculé dans l'univers du digital, il se dirigea vers sa vieille chaîne HI-FI. Fit jouer un CD de Beata Söderberg, Béatitudes et se servit un verre de vin d'une bouteille ouverte la veille. Le violoncelle de la suédoise emplit aussitôt le petit salon. Cordes frottées et cordes sensibles se trouvèrent sans tarder. Les graves, au ventre du médecin résonnèrent de manière toute particulière. Il fut bientôt saisi à la gorge. Elle se serra. Il fut incapable de goûter le vin. Des larmes roulèrent bientôt sur ses joues de parchemin. La solitude a son trop plein que la musique fait déborder.

Simonéa avait récupéré la clé et envoyé un texto groupé à Cyndie et Marcello, pour leur indiquer le numéro de la chambre. Elle poussa la porte sur une pièce sans âme en deux couleurs : marron pour le parquet flottant, les doubles rideaux, et la frise murale, blanc pour le reste de la pièce, les murs, les draps, le combiné téléphonique et les sanitaires. Un écran plasma était supposé égayer le tout. Elle l'alluma, tomba sur BFM qui était parvenu à trouver un attentat quelque part dans le monde pour le passer en boucle. Elle passa sur MTV et ses clips machistes. Trois pauvres filles mi-putes, mi- soumises rampaient et se tortillaient aux pieds d'un rappeur enchaîné d'or. Elle finit par éteindre et décida de patienter dans le silence, assise sur le lit, face à une nature morte, presque plus vivante qu'elle. Une dizaine de minutes plus tard, frappaient à la porte, Monsieur de Fursac en personne, dans son costume tergal, au bras d'une Cyndie montée sur talons de compétition et flottant quinze centimètres au-dessus de la moquette.

— Vous vous êtes déjà trouvés ? s'étonna Simonéa.

— Oui ! dans l'ascenseur, répondit Cyndie très enjouée, qui avait sans nul doute démarré son OPA sur le commandant de bord.

Notre hôtesse ne se sentait pas à la fête, fort heureusement, Marcello et Cyndie, eux, comptaient s'amuser et n'attendaient pas après la bonne humeur de Simonéa. Le pilote déboucha l'une des trois bouteilles de champagne qu'il avait apportées. Il servit dans les deux verres à vin qui trônaient sur le bureau et dans un gobelet plastique de la salle de bain. Les bulles décontractèrent le trio, même si Simonéa restait à distance. Quand la deuxième bouteille fut vide à moitié et que les esprits commençaient à s'embrumer, Marcelo déboutonna sa chemise.

— Et si on s'amusait un petit peu, lança-t-il ?

Simonéa balança son masque jaune à grandes oreilles, à son amie qui courut se changer dans la salle de bain. Un Pikachu en guêpière sortit bientôt, marchant à quatre pattes sur la moquette marron. Marcello se frotta le ventre à la manière d'un enfant gourmand.

— Oh bordel, ce que c'est excitant ! dit-il, oubliant que Simonéa n'était plus de la partie.

— Je me déguiserai en ce que tu veux, mon gros nounours, murmura Cyndie qui approchait de ses genoux.

— Cat Woman ? Tu aurais Cat Woman ?

— Tout ce que tu veux, mon grand pataud, sussura Cyndie. Je sens bien qu'on est faits l'un pour l'autre tu sais. Je trouverais n'importe quel déguisement pour faire dresser ton petit stick d'amour. Et ce disant, elle passa sa main dans l'entre-jambes du ommandant.

Simonéa s'était reculée vers la tête de lit. Elle observait stupéfaite l'improbable couple qui s'inventait sous ses yeux. Le commandant de bord de l'un de ses vols subissait les délicieux assauts de la nounou d'Éthan, déguisée en Pokémon en chasse.

Chez Molly et accessoirement chez Hayim, l'ambiance se voulait moins chaude. Le médecin avait troqué Söderberg pour une compilation baroque plus gaie. Alors que sur une plaque chauffante, réglée à feu doux, tiédissaient les restes d'un surgelé Picard, le médecin, installé dans un fauteuil, découpait les pages d'un vieux livre sans importance. Les ciseaux suivaient un tracé approximatif. Lorsqu'il eut terminé son bricolage, il dénoua son lacet, ôta sa chaussure gauche et plaça au niveau du talon la trentaine de pages qu'il venait d'assembler en une talonnette de fortune. Il glissa son pied dans le soulier, noua le lacet et fit quelques pas sans boiter en direction d'une Molly déconcertée.

— Qu'en penses-tu ? demanda-t-il à la chatte. Elle détourna le regard et Hayim reprit : ce n'est pas moi, tu as raison. C'est juste que parfois, la solitude me pèse. Je ne suis pas un chat, je suis un homme, Molly.

25

Pikachu 2 fut un succès ! Simonéa ne tira cette conclusion ni pendant ni après la soirée, qu'elle quitta d'ailleurs très vite, prise de nausées. Cyndie et Jean-Jacques en étaient aux préliminaires, ronronnant tous deux comme des chats bienheureux, quand Simonéa sentit son ventre se serrer et le contenu remonter l'œsophage. Réfugiée à la tête du lit, elle enjamba le couple et bondit en direction des toilettes. Dans un râle douloureux, elle exprima son dégoût, dans la cuvette et l'indifférence. Le teint cireux et la démarche mal assurée, elle sortit, empoigna son sac, chaussa ses escarpins. Marcello caressait les oreilles plastiques de Pikachu, elle quitta la chambre. Elle l'apprendrait plus tard, la soirée fut une réussite, non en matière de performances diverses, mais parce que l'objectif de léguer le pilote à son amie, fut atteint au-delà de ses espérances. Simonéa ne le savait pas encore, mais Jean-Jacques et Cyndie formeraient dans les mois qui allaient suivre, et pour longtemps un couple aimant, certes déviant, fou et rêveur, mais l'amour y ferait son nid.

Simonéa, mal en point, rejoignit sa voiture. Ayant traversé la Seine par le pont Charles de Gaulle, elle prit à gauche, sur Mendès France et dans la longue avenue passa le véhicule en pilotage automatique, ce qui, comme on le sait, fonctionne beaucoup moins bien que sur les avions. La manœuvre involontaire lui valut de monter sur le trottoir et de percuter un plot de béton. Le moteur coupé, elle parvint à se dégager d'un airbag débordant d'affection et à s'extraire de la voiture. Dépitée, fatiguée et toujours nauséeuse, elle abandonna la petite citadine et continua son chemin à pieds. Il fallut à la pauvre femme une trentaine de minutes avant de pouvoir passer la porte de son appartement, descendre de ses talons, envoyer valser ses vêtements et les soucis, se doucher et enfin se réfugier dans son grand lit aux draps frais.

Quelques heures plus tard, elle se relevait pour assumer une rotation de quatre tronçons. Elle réalisa qu'elle devait rejoindre l'aéroport en RER, ligne B et surtout appeler son assurance et une dépanneuse. Elle passa les coups de fils en se préparant, boucla son sac cabine, ajusta son uniforme et claqua la porte. Quelques minutes plus tard, elle faisait face à un distributeur disgracieux, qui lui réclamait dix euros pour se rendre à l'aéroport Charles de Gaulle. Le traitant de voleur, elle décida de n'acheter qu'un billet de métro, dix fois moins cher, tout de même. Arrivée gare du nord, elle se collerait à un usager pour passer les barrières, comme le font des centaines de voyageurs chaque jour, sans être ennuyés. Ce qu'elle fit en effet ! Elle s'installa ensuite dans une rame qui devait la mener directement à destination, sans marquer d'arrêt aux stations des banlieues traversées. Elle put enfin se détendre, jusqu'au moment où elle entendit des voix masculines, derrière elle, à l'autre bout du wagon. Elle tourna la tête et aperçut aussitôt six ou sept types qui passaient de rame en rame. Ils pénétrèrent dans la sienne, curieusement accoutrés. On eut dit une manifestation contre le bon goût. Qui donc avait lancé ce mouvement de révolte contre l'élégance de l'homme ? Les types n'avancèrent pas immédiatement dans le wagon. Certains étaient affublés d'une galette grise, molle, posée à même le crâne, d'autres avaient enfilé des gilets distendus, sans manches, et d'un violet que même les hippies n'auraient osé porter à la belle époque du flower power. Leur pantalon aussi terne que leur mine, leur tombait sur les godasses. Tatouages, oreilles percées achevaient le tableau, ainsi qu'une sacoche rigide qui pendait à leur épaule. Hells Angels de la ligne B ou baroudeurs en guerre contre le phénomène metrosexuel ? Simonéa ne parvenait pas à comprendre d'où sortaient ces hommes et ce qu'ils voulaient, jusqu'à ce que l'un d'eux, le seul plutôt beau gosse, s'adresse à elle :

— Bonjour Madame, contrôle des titres de transport, s'il vous plaît ?

L'hôtesse en uniforme leva les yeux vers le contrôleur SNCF, lui aussi en uniforme contre toute apparence. Mais un petit badge épinglé sur son sein le prouvait en effet. Elle s'apprêta à justifier son absence de ticket, quand elle reconnut soudain l'agent.

— Tu as laissé tomber la pub ? demanda-t-elle. Je comprends, ça devait être chiant à la fin ces univers merveilleux, peuplés de montres de luxe et de belles voitures.

— Je ne vois pas tes galons, on t'a rétrogradée commandant de bar ? Je ne savais pas que les pilotes pouvaient voler en hôtesse…

— Je ne savais pas que les « Minions vilains » bossaient pour la SNCF…

Un autre gars, aux allures de chef, s'approcha de Simonéa et de Raphaël et s'exprima d'une voix éraillée par le tabac :

— Tu as un problème avec la petite dame ?

— Non, aucun, j'attendais son titre de transport.

— Vous avez votre billet Madame ?

— Non, je l'ai perdu le soir où votre collègue m'a roulé un patin. Tu t'en souviens chéri ?

— Allez pas d'histoire, vous avez un moyen de paiement ? Carte bleue ? Chèque ? Espèce ?

— Faut pas tout mélanger, ajouta Raphaël. Je suis désolé de ce qui t'arrive, mais là, excuse-moi, je suis au boulot.

— Bah oui, toi, tu as le droit de mélanger la pub et le transport en commun. Tu me diras, la SNCF, c'est un peu les rois de la pub mensongère…

— Ça fera cinquante euros, Madame.

— Tenez, voilà un billet de cinquante ! Mais faites-moi plaisir, achetez-vous des vêtements. Même en colère, ça me peine de vous voir, avec un pruneau en guise de chapeau. Surtout toi Raphaël. Tu aurais dû poser en uniforme sur ta photo de profil, on ne se serait pas rencontrés !

— Merci Madame, conclut le chef. Bonne fin de voyage.

— Au revoir Madame, ajouta Raphaël, se voulant blessant.

— Revoir ? Tu peux prendre ton ticket tout de suite, il y a de l'attente mon vilain Minion !

26

Simonéa avait accordé si peu de confiance à Raphaël, qu'elle n'aurait pas dû être touchée par le mensonge du garçon. Par ailleurs, elle n'avait pas fait mieux, même si son imposture, à elle, était née d'une bêtise de son amie Joce. Pourtant, elle fulminait ! Ce qu'il y a de plus terrible dans le mensonge, c'est le sentiment de trahison qu'il génère. Or, la tromperie était ailleurs que dans cette relation passagère et superficielle. La rencontre fortuite n'avait pas tant révélé la tricherie de Raphaël envers Simonéa ; elle avait dévoilé l'imposture de la jeune femme face à elle-même. L'arrière- goût de trahison qu'elle avait en bouche, lui venait d'elle ! Ce garçon ne lui ressemblait pas, sa vie elle-même ne lui ressemblait pas. Elle passa la fin de son trajet à ruminer l'idée qu'elle s'était menti toutes ces années, peut-être même depuis ses dix-huit ans, quand elle avait accepté une existence rangée, pour plaire à ses parents. Tout ce temps, elle avait joué le rôle qu'on avait attendu d'elle, bonne épouse, bonne maman, bonne… A tout faire. Personne ne s'était jamais soucié de ce qu'elle aimait et de l'existence qu'elle avait souhaitée. Mais comment se plaindre de la surdité des autres quand on ne s'écoute pas soi-même ? Car la vérité est là, songea-t-elle, tu t'es trahie toute seule, Simonéa. Pour commencer, tu ne t'es pas fait confiance, et puis tu as passé ton temps à te mentir. Elle apposa son front sur la vitre du wagon, regarda les immeubles défiler, pareils à ses années manquées, puis elle s'effondra en sanglots douloureux, qui lui secouèrent le ventre. Simonéa venait de comprendre qu'il n'y pas pire infidélité que celle que l'on sert à soi-même.

Pour la première fois de sa carrière, la femme ne parvint pas à donner le change à bord. L'équipage la trouva peu souriante, en marge du service et de l'ambiance générale. Les passagers furent servis par une hôtesse standard, aux gestes mécaniques, au sourire figé et faux. Dans ce microcosme prisonnier d'une boîte de fer, personne ne se douta un seul instant de la tempête qui se préparait sous le crâne de la femme. Il faut avoir assisté à la naissance d'un cyclone pour comprendre comment les forces se mettent en place. La tête est froide et les pieds sont au chaud dans les eaux tropicales, les amas de nuages se rejoignent, s'attirent, se frôlent et quand l'enroulement des vents débute, ils entament une danse indolente. Progressivement, le tempo s'accélère, et la ronde prend forme. La suite, on la connaît, le pied trébuche, la tornade penche et démarre soudain sa course ravageuse.

Dans l'esprit de Simonéa, les masses de regrets, de

remords et d'envies s'assemblaient, se mêlaient, dans une ronde annonciatrice de grands vents.

Sa journée terminée, elle rentra en taxi cette fois, puisque l'horaire était tardif. Dans la voiture, elle appela Luc, pour embrasser Éthan. L'enfant se montra triste et insista pour dormir chez sa mère. Le lutin visa le cœur et maman succomba.

— C'est d'accord Titi, passe-moi papa, que je lui explique.

— Oui allô ! dit sèchement le père de l'enfant, qui avait suivi l'échange.

— Luc, tu peux me le mettre en pyjama ? Je passe le prendre dès que j'arrive, je suis là dans vingt minutes je pense.

— Tu sais que je n'aime pas les changements de dernière minute…

— Qu'est-ce que ça peut faire ? Un étage nous sépare, je ne te demande pas de l'amener à Ouarzazate, je passe en plus.

— Écoute je suis déjà énervé par les réponses que j'ai reçues pour Pippo, alors s'il te plaît ne complique pas ma vie avec tes histoires. Tu prendras Éthan demain et voilà.

— Très bien, ne lui lave pas les dents, ne le mets pas en pyjama. Pas de problème; Par contre je passe le prendre puisqu'il a envie de dormir chez moi. Et j'espère que ton Pippo n'est pas trop gros, parce que tu peux te le mettre au chaud avec tes habitudes de vieux !

Simonéa raccrocha aussitôt, s'excusa pour le spectacle auprès du chauffeur.

— C'est rien, vous savez. Des fois, y en a qui se disputent dans le taxi et même la dame elle descend au feu rouge dès que je m'arrête. Allez, ça va passer. Il vous aime votre mari, et vous l'aimez aussi. Moi, je suis marié depuis quarante ans, et sur la vie de ma belle-mère, qu'elle meure à l'instant, je l'ai jamais trompée ma femme. Même avec des belles clientes comme vous. Pourtant, elles voulaient.

— C'est bien, continuez comme ça surtout. Je dis ça pour votre belle- mère.

Trente minutes plus tard, Simonéa frappait à la porte de Luc, qui ouvrit aussitôt.

— Non mais qu'est-ce qui t'a pris de me parler comme ça ?

— Je te remercie, je vais bien et toi ? J'ai deux vols dans les pattes et une prune donnée par un mec déguisé en pruneau violet qui se dit publicitaire. J'ai ma dose. Éthan est prêt ?

— J'ai une mauvaise nouvelle pour toi : tu n'es pas la seule à travailler dans ce monde. Donc, tu n'es pas la seule à être fatiguée, énervée. Il faudrait voir à sortir de la plainte, un peu. Moi aussi, je fais face aux désagréments de mon boulot et je ne t'insulte pas pour autant.

— Sortir de la plainte ? Moi ? Mais je rêve. Qui m'emmerde tous les quatre matins, alors qu'on ne vit plus ensemble, parce que les éditeurs n'achètent pas tes textes idiots où les papas hannetons font de la trottinette avec bébé pendant que maman coccinelle se casse le derrière - tu vois je suis polie - à rapporter des pucerons à bouffer, hein qui ? Qui passe son temps à se plaindre, parce que Pippo, Zozo, Rototo où je ne sais quel personnage crétin n'a pas séduit L'École des Loisirs ou je ne sais quel éditeur ? Toi ! Alors, si tu n'es plus dans le coup ou si ce métier ne te va plus, jette tes carnets et tes stylos et trouve-toi un autre travail.

— Mais tu deviens folle ! Je ne comprends pas un mot de ce que tu racontes.

— Folle ? Pas du tout ! Je deviens ce que je suis ! C'est pas clair ? Je t'explique. Ça fait vingt ans que je vis à travers toi, tes malheurs, tes joies, tes tracas, tes angoisses. Vingt ans que je m'oublie, que je m'enterre, que je me jette une pelletée de sable quotidienne sur la tête. Mon truc à moi, c'est ni les plateaux repas, ni les démos de sécurité devant un parterre de business-men.

— Tu pars en vrille Sim !

— J'ai pas fini ! Je n'ai peut-être pas ton talent, je n'ai pas trente albums à la FNAC au rayon bouquins pour mioches, mais ça ne veut pas dire que je n'ai pas une fibre quelque part, qui vibre quand une feuille tombe d'un arbre en automne, qu'elle prend son temps et danse pour moi seulement. Je voulais une vie d'artiste et connement j'ai rangé mes pinceaux et mes rêves dans le même tiroir. Tu n'y es pour rien, ça a été mon choix. Mais je ne supporte plus ta vie sans joie, je ne la comprends pas ! Tu as la vie que tu voulais et je veux désormais celle qui me ressemble. Alors je vais peindre, tu piges, je vais peindre tout ce qui me tombera sous la main, à commencer par mon existence ! Je vais envoyer balader les avions et tant pis si je gagne mal ma vie. Si les pinceaux coûtent cher, je peindrai avec mes lacets sur des planches trouvées dans la rue. Et plus personne, jamais, ne me dira comment je dois mener ma barque. Maintenant, si Éthan veut dormir, ce soir avec sa maman, je te déconseille fortement de t'y opposer.

— Je n'en ai pas l'intention.

— Tant mieux. Autre chose…

— Oui ?

— Je demande le divorce !

27

La cafetière ronronnait, elle s'était déclenchée à cinq heures trente précises. Le parfum du café fraîchement passé embaumait la chambre silencieuse. Hayim n'ouvrit pas les yeux, il tendit la main en direction de Molly, allongée contre lui. Il posa un index sur le sommet de son crâne et en épousa la forme avec douceur. Hayim aimait se réveiller à l'aube et étirer les premières minutes du jour, simplement, en les savourant. Quelques années plus tôt, il avait acheté une seconde cafetière, programmable, celle-ci, et l'avait installée à la tête de son lit, sur un caisson, souvenir de sa venue en France et qui lui servait de table de chevet. Malgré un caractère bien trempé, Molly, avec le temps, avait intégré que ces minutes appartenaient au médecin, et que ce grand bonhomme d'ordinaire si généreux, ne serait jamais prêt à les partager. De fait, elle ne réclamait pas sa pitance avant qu'il ne posât pied à terre. Hayim, enfin ouvrit les yeux, alluma une lampe de faible ampérage et se servit son premier café de la journée, celui dont la saveur amère et fruitée toute particulière, réveille le palais sans le brusquer. Il se saisit ensuite du cahier et du crayon posés sur la caisse, tourna les pages et nota les mots qui lui venaient à l'esprit. Il n'en ferait rien, mais refusait de les laisser s'envoler puisqu'ils étaient venus à lui. Pourquoi faut- il absolument que les mots fassent sens pour qu'on accepte de les garder près de soi, les relire, les chérir ? Hayim n'avait pas la prétention d'être poète, mais il aimait les mots d'un amour inconditionnel, prenait un infini plaisir à dessiner leurs courbes comme à les prendre en bouche et répéter leur sonorité. Il les goûtait, leur attribuait des qualificatifs à la manière des amateurs de vin ou de cigare. Tel mot fondait sur la langue, tel autre se révélait âcre, un troisième pétillait derrière les dents. À ce petit rite secret, connu de Molly seule, chaque matin, s'adonnait le docteur. Puis il relâchait les mots libres, les rendait à la nuit, comme le pêcheur rejette ses prises à l'eau et se satisfait d'avoir tenu dans ses mains, l'espace d'un instant, la truite rare. Hayim, lui, gardait en son cahier, l'empreinte de ces mots précieux, qui précisément, parce qu'ils n'avaient aucun sens, les renfermaient tous.

Plus tard, lorsqu'il quitta son appartement, Molly, le ventre rond et bien rempli, débutait sa sieste matinale. Hayim traversa la rue et rejoignit le cabinet. Il ouvrit les volets, aéra la salle d'attente et le bureau. Le téléphone sonna soudain le faisant tressaillir. Il décrocha :

— Docteur Krishnamarla.

— Bonjour Hayim, euh… C'est Simonéa.

— Oh Simonéa, bonjour, comment allez-vous ?

— Je ne vous dérange pas au moins ? Je vous appelle un peu tôt, mais j'avais peur que vous soyez en consultation. Remarquez, j'aurais laissé un message.

— Je n'ai pas pris de vos nouvelles, Simonéa, je voudrais m'en excuser. A tout avouer, j'ai eu l'impression que vous vouliez que je vous laisse tranquille.

— Non, non, non, c'est à moi de vous demander pardon. J'ai passé une soirée fantastique à vos côtés et je suis partie comme une voleuse. Je crois que ça se bousculait un peu là-haut. Mais voilà, je vous appelle, parce que je serais tellement heureuse de vous inviter à mon tour. Et si vous êtes d'accord nous pourrions retourner chez votre amie, j'ai bien aimé l'endroit.

— Et bien…

— Dites-oui Hayim !

— Ce serait inconvenant de se faire prier, je crois.

— Complètement ! Vous dites oui, donc ?

— Oui !

— Parfait ! Disons ce soir, vingt heures sur place, je réserve.

— Ah bon ce soir ?

— Vous aviez prévu quelque chose ?

— Non, non, mais vous me prenez de court…

— Ce n'est pas comme ça la vie Docteur ? Ce n'est

pas des digues qui cèdent et des eaux qui vous emportent ?

— Oui, sourit Hayim, vous marquez un point. À ce soir, je dois vous laisser, ma première patiente est arrivée.

— Vingt heures !

Hayim raccrocha et se dirigea vers la salle d'attente.

— Bonjour Madame Fauvert, entrez s'il vous plaît.

— Merci Docteur. Oh mais dites-moi, je vous trouve bonne mine ce matin. Vous qui êtes toujours un peu taciturne, je vous trouve détendu, là !

— Installez-vous. Si vous me parliez de vous, Madame Fauvert…

— J'ai suivi vos conseils Docteur, j'ai dit non à mon mari. Pour la première fois, j'ai dit non…

De son côté Simonéa, en culotte et T-shirt, « Wagon wheel » dans les enceintes, dansait, chantait, fermait la porte du micro-ondes, enfonçait la brioche dans le grille-pain, ouvrait le réfrigérateur, posait le beurre sur la table…

— Rock me momma like the wind and the rain, rock me momma like a south bound train…

— Tu chantes fort ! râla Éthan, qui sortait de son lit, pouce en bouche et doudou sous le bras.

— Viens danser, schtroumpf grognon, coupa Simonéa et elle prit les mains du gamin, l'embarqua dans une chorégraphie aussi improvisée que joyeuse.

— Non, pesta l'enfant. Et pi on voit ton slip quand tu danses !

— On s'en moque ! Viens ! Rock me momma like the wind…

Et le petit couple se mit à tourner, et tourner et tourner dans cette cuisine qui sentait fort la brioche grillée, le chocolat chaud et la vie libérée. Éthan se prit au jeu et chanta des mots qui ressemblaient de très loin à de l'anglais mâchouillé.

— Encore ! Encore ! encouragea l'heureuse maman.

— Wa ya wou yayoyo woua, hurla de plus belle le lutin de ses rêves. Quand la chanson s'arrêta et que Simonéa stoppa leur ronde endiablée, Éthan remarqua les yeux mouillés de sa maman, il s'en inquiéta.

— Pourquoi que t'es triste ?

— C'est tout l'inverse chéri.

— Ah ?

— Tu te souviens quand tu avais perdu doudou dans la rue, que nous sommes ressortis et que nous l'avons retrouvé sur le trottoir ? Tu pleurais, tellement tu étais content. Et parce que tu le croyais perdu pour toujours…

— Mais toi, t'en n'as pas de doudou ?

— Moi, j'ai retrouvé mon chemin, Titi, c'est tout pareil.

— Il était où ?

— Là ! dit-elle et elle enfonça son index dans le ventre du petit garçon, attentif.

— Dans mon ventre ? s'étonna Éthan.

— Les chemins sont toujours ici, mon chéri.

28

Fanny relevait le store de ferraille qui masquait la devanture de son restaurant, quand Hayim surgit sur sa droite.

— Oh ! Tu m'as fait peur, sursauta-telle. Que fais-tu là ?

— Bonjour, sinon !

— Oui, bonjour. Entre. Tu ne travailles pas aujourd'hui ?

— J'ai annulé mes trois derniers rendez-vous.

— Et tu passes me voir... Tu sais qu'à cette heure-ci, je n'ai pas des masses de temps, dit-elle en ôtant les chaises des tables. J'ai toute ma mise en place à faire.

— Je sais, je passais cinq minutes seulement, avant de revenir ce soir.

— Ah, c'est donc toi...

— C'est-à-dire ?

— Ta copine de la dernière fois a réservé pour deux, sans me dire avec qui elle venait. Je ne voulais pas t'en parler, peur de gaffer.

— C'est bien moi. Et c'est la raison de mon passage. Peux-tu garder ceci vers toi, dans un coin un peu frais ? Je ne veux pas qu'elle me voie arriver avec.

— Hum… ça sent l'amour tout ça.

— Tu travailles dans la restauration, tu as du nez.

— Je ne t'avais pas dit, qu'elle reviendrait ?

— J'admets.

— Bon, donne-moi ça et tire-toi ou je t'embauche.

Hayim remit le sac plastique à son amie et repartit en direction du métro. Il lui restait deux heures à patienter, deux heures qui en paraîtraient mille, puisque le cœur est le plus impatient des organes.

Simonéa pour sa part confiait exceptionnellement Éthan à Joce. Jean- Jacques avait proposé à Cyndie de le suivre sur un de ses vols et, bien sûr, elle avait accepté.

— Tu te rends compte, avait-elle dit à Simonéa, il m'a dit que je pourrai décoller au poste de pilotage. Non mais tu imagines un peu ?

— Oui j'imagine très bien, avait répondu l'hôtesse.

— Désolée, si je te plante ce soir, mais c'est énorme pour moi.

— Aucun souci. Ce n'était pas prévu de toute façon. Joce me dépannera sûrement.

Et Joce en effet avait répondu présent, à l'appel de son amie, qui selon elle, écoutait enfin son cœur.

— Go ma fille ! Sors le grand jeu, il ne pourra pas te résister ! Et ne pense pas à Éthan, on va se faire une soirée crêpes, il va m'aider, il sera ravi.

— Joce… Joce…

— Yes Mam' ?

— Merci d'être Joce !

— Je ne sais pas faire autrement. Allez file, tu vas te mettre en retard. Va te faire belle, princesse !

— OK, j'y vais, lança Simonéa; Elle embrassa son lutin et son amie, puis sortit de l'appartement. Elle descendit de trois marches l'escalier et revint aussitôt frapper à la porte.

— Oui ? questionna Joce en ouvrant.

— J'ai oublié l'essentiel, est-ce que Maxime a un marteau ? Je peux te l'emprunter ?

— Oui, il en a plusieurs même, je pense. Tu te mets au bricolage ou tu casses la baraque ce soir ?

— Je te raconterai, salut et merci !

Simonéa arriva un peu avant vingt heures au restaurant « à la maison ». Fanny l'accueillit avec un large sourire et la mine heureuse d'un enfant qui a préparé le repas pour ses parents et attend qu'ils s'en rendent compte.

— J'ai réservé la chambre à coucher, précisa l'hôtesse.

— Oui, je m'en souviens. C'est dans le fond. Les assiettes, verres et couverts sont dans le tiroir sous le lit. L'idée c'est de prendre les plateaux, qui sont sur l'étagère et de se faire un plateau-repas. En général, on commande des trucs faciles à manger, pas des pâtes, quoi ! On a des planches tout fromage, ou charcuterie ou mixte. Mais vous verrez avec Hayim.

— Merci !

Simonéa, avait opté pour l'élégance de la simplicité, s'était glissée dans une robe blanche bohème et avait natté ses cheveux clairs. Elle « mit la table » sur le lit et jeta un œil à la carte, que Fanny avait accrochée au mur, dans un cadre. Hayim ne tarda pas à faire son entrée. Elle le trouva très chic, très imposant, mais pas par sa stature. Hayim n'était pas particulièrement grand. Mais on le sentait en paix et cette sérénité intimidait l'entourage. Elle se leva, lui ôta sa canne des mains et lui offrit son bras. Elle le conduisit au lit et l'invita à prendre place.

— Merci Hayim, d'avoir accepté mon invitation.

— Quel homme serait assez fou pour refuser ? Vous êtes craquante, j'aime cette jolie natte qui coule sur votre épaule.

— Vous me gênez.

— Ce n'est pas mon intention. Vous ne voulez pas qu'on se tutoie ?

— OK, rétorqua Simonéa, mais à partir de demain

seulement.

— Pourquoi à partir de demain ?

— D'une part, parce que si vous acceptez le deal, cela sous-entend qu'on se revoie demain. Et d'autre part, je trouve charmant de nous vouvoyer encore un peu. On se vouvoie, on louvoie et qui sait... On se dévoie...

— J'aime beaucoup. Mais alors, choisir le lit pour dîner, c'est un peu direct, non ? ironisa Hayim. Moi, j'avais choisi la cuisine.

— Pour me cuisiner ! Ce n'est pas tant le lit qui m'intéressait, c'est lui ! Et elle lui plaqua un oreiller sur le ventre. Les confessions sur l'oreiller ont souvent changé le monde, n'est-ce pas ?

— Oui, souvent. Dois-je m'attendre à des confessions de votre part ?

— Pourquoi pas de la vôtre ?

— Je suis timide et par déformation professionnelle, j'écoute.

— Ne me dites pas ça. Je suis certaine, que vous savez trouver le mot juste.

— Ça m'arrive.

— On commande ? proposa Simonéa.

— Lequel de nous deux ?

— Ha ! Ha ! Bien joué. Ce soir c'est moi.

— Très bien, je me soumets.

— C'est très excitant ! Soyons sérieux, je propose un blanc sec et une planche au fromage.

— Je vous suis.

— Pas de trop près, Docteur.

— N'ayez aucune crainte, je ne suis pas armé.

— Moi, si !

— Un révolver ? Dans le sac ?

— Une arme blanche !

Fanny interrompit le couple pour prendre la commande puis pour rapporter le vin. Elle posa sa main sur l'épaule de l'homme et fit pression sur les trapèzes.

— Elle vous aime beaucoup, n'est-ce-pas ? interrogea Simonéa.

— Elle m'a beaucoup soutenu par le passé. Je n'ai pas toujours été celui que vous voyez. On se connaît de longue date. Je ne vous apprends rien, on est supposés se construire et aucun de nous n'est architecte. Avec un peu d'aide et de chance, l'édifice tient. Parfois le plan est bon mais le matériau est fragile. Ce fut mon cas. J'ai appris à rendre le métal souple et solide à la fois. Mais dites-moi, vous devriez changer de métier, faites psy, vous savez faire parler les gens !

— C'est l'oreiller, ce n'est pas moi ! Mais, c'est un fait, je vais changer de métier.

— C'est une très heureuse nouvelle, félicitations ! Dans quelle direction partez-vous ?

— Mon petit garçon vous répondrait celle-là, et

elle pointa son propre ventre. Enfin s'il a retenu la leçon, mais je doute. J'ai décidé de peindre. Adolescente, c'est ce qui me faisait tenir debout, particulièrement quand mes parents se sont séparés et m'ont placée au milieu de la mitraille. Je n'aurais pas dû lâcher la peinture, elle m'a sauvée, quand je voulais me taillader les poignets.

— Le fromage, les amis ! s'immisça à nouveau Fanny, avant de s'éclipser.

— On est loin de Natacha, hôtesse de l'air, sourit Hayim.

— Très loin ! J'ai fait ce métier par pur hasard et aussi pour partir loin. Loin d'eux, loin de moi aussi. Ça a marché !

Hayim resta silencieux. Il prit la main de Simonéa, la serra délicatement, puis caressa le bout de ses doigts.

— Je peux vous faire une confidence ? ajouta Simonéa. Hayim lui tendit l'oreiller en guise de réponse.

— Vous êtes pour beaucoup dans mes retrouvailles avec la jeune Simonéa, reprit-elle, puis elle posa sa tête au creux de son épaule. Elle y resta de longues minutes, puis se releva d'un coup. — Oh la la, je vais vous mettre du maquillage, partout. Je vous abandonne trente secondes, je vais réparer le massacre. Je dois être jolie tiens…

— Oui, vous l'êtes. Vous me plaisez !

Simonéa s'absenta et Fanny surgit de nulle part.

— Tout se passe bien ? Dis-moi si tu veux ton sac plastique.

— Oui, oui, je veux bien. Je pense qu'on ne restera pas très longtemps.

— Estomac noué ?

— Complètement.

— Bonne maladie, sourit-elle Je t'apporte ton sac.

Lorsque la jeune femme revint vers le lit, Hayim la trouva resplendissante. Il se leva et sans lui laisser le temps de s'installer, lui offrit un bouquet coloré.

— J'espère qu'il vous plaît, j'y ai mis tout ce que je vous souhaite dans la vie : du bleu, du rose, du jaune, du vert, bref de la joie ! Pour le reste, j'ai été obligé de demander conseil.

— Le reste ?

— Regardez bien.

— Oh ! Mais c'est génial, s'écria Simonéa en fouillant le bouquet du regard, vous avez ajouté des pinceaux !

— Et des tubes !

— Vous saviez ?

— C'est l'une de vos confidences…

Simonéa noua ses bras autour du cou du docteur, elle serra le plus fort qu'elle pût puis plaqua ses lèvres épaisses sur sa bouche surprise.

— Vous êtes un ange ! Vous êtes l'ange de Jacob,

vous savez, celui dont vous m'aviez parlé, qui lui déboîte la hanche. Et bien vous, c'est pareil, c'est grâce à vous, et depuis vous que j'arrête de me mentir et que je deviens moi-même ! D'ailleurs j'ai une surprise moi aussi.

Emportée par la joie, elle sortit de son sac à main, le marteau de Maxime, ôta sa chaussure, la posa sur le sol et frappa sur le talon jusqu'à ce qu'il vole en éclat. Elle se releva, enfila son escarpin au talon raccourci et demanda :

— Vous avez encore faim Hayim ?

— Non, à vrai dire, mais…

— Alors partons, je veux marcher à vos côtés, je veux marcher longtemps, de longues heures. Je veux avoir mal pour me souvenir moi aussi que vivre c'est être soi. Je veux connaître la sensation que mon destin m'appartient et c'est avec vous que je veux la découvrir. Avec vous Hayim !

Du même auteur en édition jeunesse :

Aux éditions Bayard Presse
La BD "Gibus" (mensuel J'aime Lire Max)

Aux éditions Larousse jeunesse :
20 histoires de chevaux - LAROUSSE 2015
Wendy et le voleur de chevaux - LAROUSSE 2014
Wendy a un sixième sens - LAROUSSE 2014

Aux éditions du chemin - Belgique
Relève toi - Roman - 2012

Aux éditions Ibis Rouge
Solitude Store, roman, 2004

Aux éditions Milan Jeunesse :
Des oiseaux à la maison, éd. Milan, 2002
La Boxe éducative, éd. Milan, 2001
Nous les garçons, éd. Milan, 2006
Tous les rapaces du monde, éd. Milan, 2005

Aux éditions Lito Jeunesse :

Doudou la chenille, éd. Lito, 2010
Bakova et la malédiction du chaman, Lito, 2009
Box, un chien en cavale éd. Lito, 2009
Les Légendes urbaines, éd. Lito, 2009
Bouline la vache sans tache, éd. Lito, 2008

Globuline cherche copine, éd. Lito, 2012
Globuline lit l'avenir, éd. Lito, 2012
Globuline petite vampire, éd. Lito, 2011
Globuline, vampire à l'école, éd. Lito, 2011

Collection Les mots sourires éditions Lito

Bonjour - 2011

Merci - 2011

Je t'aime - 2011

S'il te plaît - 2011

Au revoir - 2011

Pardon - 2011

Collection Cheval et Cie éditions Lito :

Stage de poney chez les anglais - 2011

Le vieux cheval et la mer - 2011

En piste - 2011

Le tournoi des sables - 2011

Les écuries de la reine - 2010

Juments jumelles - 2010

Drôle de dressage - 2010

Joyeux Anniversaire - 2010

SOS poulain.com - 2009

Un cheval de cinéma - 2009

L'Amitié au galop - 2008

La Princesse et sa jument - 2008

Un cheval en cavale - 2008

La Récré sabotée - 2008

© 2018, Lhote, Olivier
Edition : Books on Demand,
12/14 rond-Point des Champs-Elysées, 75008 Paris
Impression : BoD - Books on Demand, Norderstedt, Allemagne
ISBN : 9782322121328
Dépôt légal : mai 2018